他是那唯一还在低声清唱的人

陈爵 著

GUANGXI NORMAL UNIVERSITY PRESS
广西师范大学出版社

图书在版编目（CIP）数据

他是那唯一还在低声清唱的人 / 陈爵著. —— 桂林：广西师范大学出版社，2012.8
ISBN 978-7-5495-2421-1

Ⅰ. ①他… Ⅱ. ①陈… Ⅲ. ①诗集－中国－当代
Ⅳ. ①I227

中国版本图书馆 CIP 数据核字 (2012) 第 179264 号

广西师范大学出版社出版发行
桂林市中华路22号　邮政编码：541001
网址：www.bbtpress.com

出 版 人：何林夏
全国新华书店经销
发行热线：010-64284815
山东人民印刷厂 印刷
(山东省莱芜市赢牟西大街28号邮政编码：271100)

开本：880mm×1230mm　1/32
印张：9　字数：60千字
2012年9月第1版　2012年9月第1次印刷
定价：29.80元

如果＿自序

如果那些爬行中的鸟
还在风笛般歌唱着
它们唱失去的云朵
唱所有翅膀的歌——

如果真在上节文字第一行前头，添加上这个“**如果**”，那么能够类似“风笛般歌唱着”的水栖鸟类，居然是“还在”“爬行中”哀歌着“它们”“失去”的“云朵”和“所有翅膀”的生命景象，就不过是种阴沉哀惨的假设罢了！但这段写于1988年、意象狂暴而且充满愤怒的名为《风》的原诗句中，并没有这个“**如果**”！并且它和本册辑入的所有文字，都一并带有以极为“私密”的诗体形式，剖察自我和生存痛处的果决与坚定；而且有相当部分，还充斥着某种痛切解析人的情感和心灵困境及其可能的历史联想与时代际遇的强烈企图与原始冲动。自上世纪七十年代末开始，作者即以自己的心灵经验为载体与代指，用予他激烈记载和表达从而暂时赢有生命充盈乃至于旺盛的自我感的力量——即诗或“半诗体随想”这种特殊文体，几乎如成瘾一般“密录”至当下。他这种自省和“隐修式”的书写范围，包括他那些生命在境遇中的创伤性遭遇和狂欢式想象；他精神性亲历的时代梦魇和际遇的凶暴；面对荒诞时的人的悲苦乃至滑稽式的癫狂；以及再脆弱的生命，也将会去极尽守望的——美本身，等等。他自由放诞到了毫不考虑如此书写的结果及其代价，“它们”到底是相当精彩抑或绝对是拙劣的！也因此，他这些置心灵于时代和存在深处，充满其心理甚至是生理戏剧性而又恣意试验着的“隐修经验史”文稿，迄今为止，还从未在任何出版物上公开发表。

如果不是他的同窗、他的同道、他视为人生宝贵挚友的W先生，在去年初启议规划，说服和策动，并仔细安排了各相关事务，此书的出版是毫无可能的！如果不是他的发妻、他的同道、他仅能以今生愧谢的W女士，历数月时间，将他故纸堆里那些字迹潦草、纸型混乱的手稿，仔细辨识再分类编录的话，此书的出版亦毫无可能！这然后，在当今出版领域如此重要的大内推手L女士，就携着她那要建设一个共享文化“理想国”的崇高热情跟诚挚的判察，于去年春夏之交的一个下午，率性登场！继而是她团队当中那个自大学时代就与诗有缘的责任编辑Y女士，和与我从未见过面的她的伙伴F先生，将之一步步落实和推动着，进而在如何更利于今日阅读者阅读的篇章安排和许多细节方面，给予我诸多殷切的建议和指教。

如果说“它们”如此蒙宠的这些过程，已足令人惶恐和感动了；那上述诸君，包括在近年媒体事务中与我情交甚好的X老先生也热情参与进来的，为本书定名的两次交流，则使我完全如一个懵懂少儿一样，仅能是坐在一旁，傻乎乎听着他们反复讨论和选择着一个似乎与我没什么关系的新生儿的好名字了。他们最终选择的是，我写于1983年，名叫《秋歌：致所有为秋天吟唱者》诗章中的一行——“他是那唯一还在低声清唱的人”。他们认为，此于我和当代诗歌的状况而言，可能是比较真实和妥切的！而在以导读为效的诗篇辑组过程中，又逐渐形成了与“海中遭遇”有关的思路，继而将相关主题的各年代诗篇分辑其中，以更利于读者的阅读。

——这于是，我也就满心惶恐地在上述诸君的集体推动下，成了在如此偶然的生命际遇之缘中，置作为“隐修式”书写出的“它们”，为非“隐修”文本的著作者了！因此，本册辑入的所有文字，就都将首先是对“它们”被如此策划、整理、编辑和出版出来这事件本身，在懵懂之中的彻底致敬了！

如果遵从本书责编，让我这个自己都还不晓得自己是否是一个纯正意义上“诗人”，但就是因为已经以“诗”文体书写了这么多年的“写诗”的兄长，向那些依然热爱着、崇信和默默创写着诗歌的年轻朋友，发出我可能的问候和建议的话——

如果你那无拘无束沸腾着的青春，在领悟到死的未来与爱的挫败并且激烈挣扎于悲情与梦幻冲动之中时，你能够依然追究着你和这个世界之间那无穷无解的本质与线索；**如果**你由此开始意识到，你这个偶然于世的独特生命，将只能以你这唯一一次无论其任何后果的激昂历险，才能让青春至少曾经有过灿烂与黑暗的当口，你仍然决定，就这么真实地骚动下去，你愿意向任何企图平复它的狂暴势力做出反抗，以至于，连你那属于自我保护本能中的想象力控制和肢体上的挣扎，也无法阻止它继续坚定地就是要燃烧，你选择在无比疯狂和极尽伟大的青春策动下，决意要灿烂出你这次盛放：

——当你是自己，而绝不是他人！

——当你是生命，而绝不是物质！

——当你要解放，而绝不是闭锁！

——当你要灿爆，而绝不是沉默！

这同时，你又忽然醒觉或是发现了：

如果诗，是我们有可能得救的一把钥匙——

如果它穿过这个或任何一个喧嚣时代最核心锁孔内的所有扣齿，终于到底了，然后你把它朝左或右轻轻一拧，一扇光明之门，就会“吱呀”一声，被打开了吗？我不知道！你不知道！谁都不可能知道！

——事实上，诗自诞生之日起，它就从未打算要承担这个重负。它之于我们在意图上的怜悯，是如此广阔！它竟然是如此的让我们并不能彻底知道，它让自己，居然是这么地能有永世于美并营救我们灵魂的最深沉的用意于其中！

——它显然是人类表达其生动存在从而创造其存在价值的最伟大方式了！而你那沸腾激荡的青春体验，将因此有机会由于你的书写，创造出只属于你这个独特生命的非凡壮丽。当从前荏苒，青春是一种回荡在你一生之中的血战着的欢唱！

——对的啊！你就是要凭着你那直秉起赤裸灵魂的激烈血战和诗的奋斗，去赢取你那无望之中的精神的灿烂和灵魂的光华！你就是要坚定地拿起你手中的笔继续去写啊！或是直扑到你那键盘上面去奋力敲打！让“它们”一点点，以诗的名义，艰难伸展着它那至美的肢体和永恒寻唤啊！你绝对能够的！一旦你真的是她的赤子了，她就是你永不会失去而且是你自由解放的如歌的新家！

如果论本册内容，它之于每一位可能阅读者的感觉会如何，基于前面所述“它们”那种“密录”和“隐修”的原本性质，我是从未存有任何预期跟任何奢念的。加之既有文稿太浩繁和庞杂，多还来不及亦不可能整理编录到本册范围当中，故本册所收，是从1979年到1990年间现能整理辑入的部分文稿。如其中可能是“残酷”一些的诗语文字，令阅者诸君有不适之感的话，在此愿深深无奈中诚恳表达：“它们”就仅仅是在“密录”和说出近三十年间某些时段里，某种可能是与你同在的“他”这个个别生命特别状况下的诗体表述罢了，而全无其它！

如果再回到本序题头引用的那段取自于《风》那首诗的片段意绪跟联想的话，无论那“所有”本该于“云朵”间自由飞翔的“鸟”所象征或隐喻的生命事物，是不是“还在”“爬行中”哀歌着的，那首诗中向所有属于青春和热爱着诗歌的力量说道——

你们该翩跹啊

你们为什么不拍舞

你们就翩跹罢

到属于你们的空中——

2012年春于北京

目　录

起锚时，
没有旁人

那好　那我走了

什么——？
你道

我慌乱中
一愣
赶忙回望——

——　《他的境遇》

混沌时代 _ 节选 / 海涅那年

六七十年代的生活，恍若幻影；
前面等着的，该是更精彩的梦！

——1980 年春整理手记

时代是美好的，至少可以读海涅；
人总要梳出一个发式，比如朝地中海。

比如朝大风梳去的黯淡荒野，朝时间；
比如朝逝去的人，朝你向往的任何岁月。

时代是美好的，我写着它的作业；
从海涅的头发开始，世界是危险的海。

他们到大海上寻找，真理的岛与沉船；
好人一个个都淹死了，船上空无一人。

时代是美好的，我写着它的作业；
他们在伟大时代里，夭折的都是青年！

人继续梳出发式，比如朝地中海上岸；
朝众神离去时那个地点，朝着海的发式。

时代是美好的，我抄着海涅的作业；
他为全世界伤感，唱美好和受苦的人！

时代被头发赞美，被深沉谴责和预言；
他所有哀伤的结论，都让我爱女巫和海！

我愿意是任何水手，是未死但将死的人；
我驾船前往岁月，他等候在所有的岸！

时代是美好的，我和海涅一起玩儿；
先知们带酒来了，还有天使，都不戴花环！

我们玩着游戏，周围是红帆，是春天；
等我再次启程时，只有他，神情那么黯然！

又要去那些飘着空船的海了，他笑如岁月；
去罢，他梳着我的梦说，我会等你回来！

时代是美好的，我写着它的作业！

时代是美好的，我抄的是海涅！

时代是美好的，我交不出任何作业！

时代是美好的，让我们梳头罢，向着海！

（1979 年 12 月至 1980 年 2 月）

爱

我已经叫不出你的名字了，
你长发漫卷，风的语言；
它大声歌唱着，你苍白的脸，
你茫远而来，瞳仁如夜！

你凝望我时，风开始缓慢，
我痴迷的眼中，飘满云彩；
你忽然笑了，风吹着花瓣，
我站在没有未来的那个夏天！

含辛茹苦罢，含着泪转身，
不用我痛苦的背影为你分辩；
不向谁哭喊，不乞求赦免，
不去悲惨演出被注定的拒绝！

此后是岁月，时雨，时雪，
无人带我浏览那个失去的夏天；
怀念狂风罢，怀念那种漫卷，

再年年祭奠，我所有来年！

（1981年3月）

我

我赤裸着挺起
一丝活着的坚定
一丝侥幸
在世界上
做着梦讨饭

我赤裸在此
招摇于世
以人的名义
以非人的身世
以月亮的脸

你当然看不见
我那赤裸挺起的
最悲伤部分
它是时间的恩典
要躬迎来日

世界荒凉如始
我只有步履蹒跚
高举乞讨之义
以无畏惧的梦
穿越所有启示

奥义茫茫而深远
这逼我成为赤子
成为使命的人质
在今世一路梦里
与荒凉之神相伴

它凝视世间
审看着岁月
审查着与之相关
或不相关的一切
并始终凝视着
我这个——人！

（1982年6月）

无法归类的岛屿

这时候，你突然有一种悲怆感——
道路何其远，“我已不知道，要去哪儿
才能溶解，才能孵出那颗蛋……？！”

——《叫喊》

这一天

早上是一张沉寂的脸
你无法窥破它任何的谋算
对低诵着的人们你无法理解
你只能含糊其辞　或干脆无言

你独自睡卧的任何角落
痕迹都曾被刻意涂改过
当无辜的双手突遭捕获
你的哈欠也将再没了着落

到下午你将疯也般奔走
你想把时间这家伙一把拦阻
你意外发现你自己的影子
已绕到你前头拉着你　像狗

你大声喘息惊得他一下子转头
是的　你将找不到他的面孔
于是你努力挣脱开他那只手
你将看到一个明天的笑容!

像梦——

（1983 年 8 月 17 日）

你的流盼

一

连晚霞都拽不紧你的流盼　我怎么还敢
所以它无尽哀悔　它哭着　伴着我们的时间

当一朵巨大的晚云来到窗前　默默把你扮演
我惊讶　在漫长的茫然中　我渐渐昏厥

二

这一天　的确惨　那么多飞断了翅膀的大雁
如撞烂的破船　在浓雾里　一条条搁浅

它们在哀叹中相互看看　让断翅偶作伸展
旁边是东流之水　已浩浩荡荡　空逝了百年

三

乘风而去的三角帆
早已漂远　锚链已断

微倦中　我恍惚倚在
落满蚌壳的木屋廊前

我恍惚　我并未站在
月光如水的那夜

四

梦里是群蜂飞舞
晚云交缠着大雁

梦里是群帆归来
粉蝶　大乱

（1984 年 1 月 26 日）

乡村的努力_节选

其一　出生

道路是这场细雨在铺开时的　漫长呻吟　并把她拼成
嗷嗷撕裂的叫喊　又把她立刻抛进　纷溅绞动的泥泞

一辆挣扎的马车　在烂醉中迈进　并且以女巫的激情
高声念诵　挂念罢　这是多么野蛮和痛苦的一种壮丽

他将再也看不到那张　无限美好的脸　蹚着浩瀚的雨
他将让新日子　永远忘不了母体　那场大蠕动的温存

一勾惨白的光晕　炫耀着她豪喘中　乳峰陡起的外沿
而暴雨里白净透亮的腹部之下　是田野最后一声呼喊

当一个愤怒的　浸血婴儿　正独自站在　我们的门前

其二　村落

把之前和往后的经历　像花一样忘记
这是你不愿声扬的　你和它的约定
纸一样平素的时日　就让它绵延罢　要不然
就到塞满杂草的防兽墩嘴边　站上一小会儿

很久了　你不愿把老墙上的东西　一一擦净
像擦去老人们催眠式的话语　像擦空碗底
你宁愿一个人沉睡　在喋喋不休的磨牙声里
而让没顶子的　破败的院门　直竖起嘴唇

时光荏苒　时光这么残忍
已没有任何世界
还惦记着你这里——

乡村啊乡村　我的穷母亲
你是被这么多孩子
都切除的记忆——！

其七　河流的大地

我们那可爱河流漫步过的　那些田野和村庄
到处飘散着一股哺乳期女人的　乳房的味道

当嫣红的晚霞与袅袅的炊烟一起　慢慢退场
它们都只能回味着　她的温暖　她那些美好

我们是在那个旋涡迷离的中央　交互诉说着
想揣摩出她之于我们的本能热爱　本能展望

我们把溢满柔情的目光交缠着　到一处掺搅
就是想再努力一把　哪怕失败　我们也认了

我们相互贴紧着　直感到河水完全是种劝告
也无论我们到底真是在水中　还是正在岸上

就在她转身时　她那光滑的脊背　令我惊惶
每走过一个村庄　她就把那味道持久地留下

当河流远去了　这哺乳女人的乳房及其联想
将绝对已经被充分吮食了　让我们久久醉着

这时候　噗啦啦　就下落了一种　大红色的
鸟　它们张开小嘴　没有和声　但是在歌唱!

（1983 年 9 至 10 月，于京郊宰相庄村及京东之寓）

街市的真相

一

疲惫而爬动的斑马道　游移着虚实错乱的
立柱　没有人靠倚着它　裤脚碰着裤脚
鞋与鞋击打　而迎面是一张嘴在吃着
那站着的少女微笑着一晃　窗丌在
对面的墙上　车把它挡了个正着
下来的老人　东张西望　然后
走向童车打听着什么　或是
语焉不详的过往　车走了
窗台上　竟出现了一盆
鹅黄色的鲜花　肯定
有过一双手　把它
像平素那样摆上
转瞬间　它就
变换了所有
事物　在
此刻的
意蕴
和

并不离奇的
几乎全部
无解的
那些
幻
像！

二

就只见马路旁有一大堆白色的铁桶和三棵
老槐树　街对面的店铺那扇车流映满的
橱窗上　还映着一个挺着腰的女孩儿
正侧过身来　朝着她身边那个眉眼
和善但举止拘谨的男友　撒着娇
并挺露出她白皙弯曲的一片腰
她眉头一皱　又含笑在催促
他谦卑的手　先犹豫一下
然后就伸过去了　他就
在她那　侧弯给他的
白色月亮上　开始
一下一下很轻微
抓挠　她就笑
是弯着的花
他挠着她
弯着的
月亮
和

她那片嬉笑
就在此时
我听到
雷声
如
爆——

三

昨天那场大雨来了!
他们回头一望——

那辆车也罢　那盆花也罢　那扇橱窗也罢
它们就都是生活　需要刻意遮掩或映照着
特定真相的　另一个暗示　另一种假设了!

那么必定　任何语焉不详的破绽或是虚妄
尤其那可爱女孩撒娇挺出要人来挠一挠的
白皙月亮　就都是生活有关它自己的歌唱!

四

那场大雨来了——！

所有的车都在做　缓慢游动的梦
没办法　他们没有办法　但还是
吸了口烟　伞在等车过去了再走
一些人走进鞋店　旁边是家花房

他们进去以后　就再没有出来过
他们是不是从此　再不会出来了
我站在他们对面马路上　在伞下
雨其实早停了　周围继续缓慢着

有大群侧挺出了白皙腰肢的女孩
在要求有人　为她们挠一下——!

天如果黑了　她还会好看么
雨还会把街　弄得像一个巫婆么
她在儿歌和梦里　跳得停不住了么
直到有星光掉下来　我还会打着伞么

我突然跃步了　朝一切大幅跃进着
我走向的是那些伞那些车那些人那幢大厦
迎接我的将是碰撞将是车祸将是我永远也

无法走进的墙当他们此刻正在鞋店里等我！

但昨夜的雨　已按时招来了幻想之主
宣告这一切无效一切都有定数　或这一切
都仅仅是个玩笑　我走进大厦或墙里也罢
走进鞋店也罢　并没有任何真相等我去抓！

（1984 年 1 月 21 日）

城市畸谈

仓促翻开的众多短句　玻璃映现的城市　都在探问
从四周打断的低语　使你挣脱不去　恍惚　困顿
透明的谎言固定了你的脸　并到处散发　到处张贴
于是　你守望着默默失忆的奔波岁月　你的诺言
就这样失算

我不在　我跟着那个人穿梭往返
我从未得到邀请　你没有房间

沉默是他们留下的纸牌　频频谋算着任何一种反问
日子两端　有绚丽和昏暗互为注解　你没法交换
我就嗽嗽沙哑的嗓音　故作平淡　站得也貌似舒展
权当手上　还印着你的手温　梦一样苍白

我不在　我忙于跟踪那个通缉犯
我没敢撕下任何一张告示　你没有照片

一夏天的雨在伞下沉思　问伞被倒提的真实原因

这比你收闭的笑容更加不堪　无表情可言
比城市列举出的所有凶案　更像是奇谈
无饮料的手　只得浸入光谱错乱的生活里甩甩

你演奏上一阵　再一把抛出大门
此后是寂静　我没被什么人指认

仿佛我站在玻璃里消失　像一本扔掉的书
你捡回来　安放在想象中的另两本之间
你刚刚才回来　刚刚才锁上门
听城市描述着我后悔的笑　和雨的眼泪

窗外的雨　现在毫无信心　渐渐倾斜
没有人默念回忆　和命运交错时的祈愿!

（1985年4月3日）

打断

这是它有权爆发时的
最基本事态

暴虐随时会撕绸裂缎　痛骂着将你打断
生铁皮　狠刮着尊严周围的水泥板
那是尖锐沸腾的哭喊　在集体摧残
灵魂穿过暴打它的晚宴　衣衫全被剐烂

在回往沉思的路上　什么也不谈
什么也不再能谈　你血流不止　路是
刀刃　一步步毁着你　强忍痛楚的步态
它使这非常道岁月　步步是血

我同情你
但无法表白
笑已经彻底破坏了
我那张脸

一任凌迟中的身体　通体烂漫
再到狂风暴雪中　埋葬你那件烂衫
不断埋葬罢　当凌迟是一场不断的惩戒
不断在摧残之中　打断着未来！

（1984 年 1 月 25 日）

叫喊

他已深深陷入了这个非常道局面……

那种荒漠式的叫喊是在被叫喊
闯进去，绯红错乱的大酒店
让思想溶解，让头脑结成
断然待孵的恐龙蛋

但是你预订的房间，其实并不存在
"怎么会？！我昨天预订的时候，
就是您接待我的！没错！就是你
这张脸！你忘了吗？我付了全款！
你还给了我这把钥匙！"你挥着钥匙
大声叫喊，"很抱歉！我从未见过您！
也不记得曾经发生过您所描述的事！
本店也从未登记过任何订单！"

你几乎要吐血，你冲进去，想打开

你预订的（但确实没有的）那个房间
之后是所有楼层，所有可能会与钥匙
相配的房间，但那把钥匙，打不开
任何一扇门！“所以，肯定是您记错了！
我从未给任何要入住本店的客人，
发放过什么钥匙，我很抱歉！”

这时候，你突然有一种悲怆感
道路何其远，“我已不知道，要去哪儿
才能溶解，才能孵出那颗蛋……？！”
你说着时，无辜的泪水，簌簌不断
但橘子被挤爆的脸，就是我们的脸
你呼吸着泪水，翅膀全部松散

疯如痴呆罢，踉跄着步出店门
朝这个非常道的世界，摔抛出自己

那就等着罢，等我们直奔彼岸
那是到处飘散着清丽歌声
和少女柔发的，灿烂河边——！

（1984年1月25日）

我们的躯体：基本整齐的六节四行谐谑曲 A

我不忍再看你的手
因为我的脸已经走了
我摸了摸你确实是手
因为我跳上了我的头

我现在拉起我的手在走
我其实根本就没有手
于是我找遍了你的手
于是你空着手摆了一下头

我用肩扛起我的头
我的头顶着我的手
我的手梦见你的手
你的手提着你的头

我用你的手当做我的头
你的头就是我的手
我们的手现在愤怒着

要引爆我们各自的头

我们看不见我们的头
不会死去也不能不走
走是头上真正的手
正如我的头提起了你的手

因为我的脸自己已经在走
因为没有谁手上有我的头
因为你的手遇到了我的手
因为我们的头开始正步走!

（1985年3月20日）

挽歌宛在的海岸

船在岸，水上有一轮遗忘的皓月
落叶在四周，无声飘飞
他在此上岸，没注意到落叶
他是那唯一还在低声清唱的人

——《秋歌》

树

从前有个人
没名字
又有名字了
有姓
有眼睛和脚

后来他走了
但忘了
把袖子带走
等后来
袖子也没了

到今天
他走了
明天也走
后天也走
满天是水
满地是繁星映照

我们古老的儿童
全留着一种东西
不是姓名
不是眼睛和脚
不是水
也不是星星
不是任何东西
而是那条
袖子

然后
我们就

袖子了——！

当世界永远都不知道
它有多好！

（1984 年 1 月 22 日）

童年以后

童年时每一个秋天都这样宁静
据说那是一条越走越深的死胡同
那时候总是不敢往更深里再走
折回时也就遐想仍多期待也仍有

我们常把秋天当一道冷菜食用
为的是吞下往昔这杯回顾的红酒
使千种滋味化作更绵淳的享受
以腾空杯盘迎接新时令到门口

当一切如旧我们仍走到胡同口
像以往一样我们仍然不走到尽头
不企望结局也就感不到什么失落
怎样的冷宴也就都一样可口

折回时会遇到许多人许多是老友
是否他们也爱吃冷餐也爱喝红酒
是否也像我们一样当放落杯盘后

在宁静的那一瞬　面带着温柔

（1983年9月27日）

窗后

所以我凝望你沉静的双眼
不是想象，也不是幻觉
你静坐在下午，那半扇窗前
你的脸，与玻璃上映出的云和荒野
交相重叠，碎乱的白云，移动在
你的脸与荒野之间，它们如
缓慢之海，悬置蓝天

一直到粼粼金黄，朝殷红下潜
海漫过荒野，浸进你静谧的脸容世界
浸到你柔和的轮廓，也渐渐洇开
淡淡墨色，在仔细藏起你朦胧的唇线
你那沉静的眼神，也弥散着失陷
你就渐渐与荒野一起，沉没于黯淡

第二天，没有了清晨，没有了午后
也没有了黄昏之前，值得的守候

这之后，再无花朵，再无收获
只有窗纱在那半扇窗后，寂寞地飘着

消失的花朵，就这样在空寂处
与云和荒野，完全失约了

消失的花朵，就这样永久地
传来安息，和美的传说——！

（1983年12月10日）

十字街头

在那些烟雨迷蒙的　十字街头
你是那唯一走着的　恬淡的花朵
你是我在公交车上望到的　正远去的春末
你使这琳琅街市　渐如水墨　这时烟雨如歌

烟雨如歌　烟雨如歌　在那些淅淅沥沥的
迷醉时刻　我听到你轻微无怨的哭声在言说
夹杂你近日来带给我的喜悦　和绵密的快乐
你那走　是任何春天　也唤不来的景色

我恳求你在这雨中街头　永远都在走
你会让如歌的微风　永远都这么吹着
而微雨将欢欣起舞　把你像神一样提供
任烟雨迷蒙中　走失掉　无数事物

我恳求你在这雨中街头　永远都在走
你自己就是花　所以无需再捧着什么
但如果满目琳琅中　没有你　这远去的春末

近日来的喜悦与快乐　将只有烟雨　没有了歌

当烟雨迷蒙　在那十字街头　十字路口
当你是那走着的花朵　恬淡的花朵
当歌在吹拂　不知你手捧着春末
当我正呆站雨中　望一切走失的事物——！

（1984 年 1 月 31 日）

有一种海　其二

这时候　遥远的风开始缥缈独奏
如逝去多年的渔歌　正幽然唱着

你织着这么多网　当网还在织着
要打捞多少遥远的鱼　多少个梦

已经没有人会说——

隔了遥远日子的船　一只只漂走
都朝着那遥远时候　默默眺望着

她们芳华已去　连脸都织进网了
他们日渐缄默　而归帆仍无下落

已经没人询问了——

再没有更多的岛屿　值得去守候
也没有更多遥远　值得去打捞了

于是你满眼光影　光影飘着寂寞
那遥远的风和渔歌　徒让你醉着

已经再没人救赎——

（1984 年 1 月 2 日）

秋歌：致所有为秋天吟唱者

这是在辽阔中目睹的广大的消逝，
它没有宽恕，什么都不能幸免！

一

噗啦啦，落满树冠的芳华岁月
是枯枝梦里，一个光秃秃的人

不仅仅毛发，连肌肤也已褪尽
但依然眷恋着，走进一条僻径
他要去拜访芳华，沿记忆去纪念
他那嶙峋的背影，就像树在祭奠

船在岸，水上有一轮遗忘的皓月
落叶在四周，无声飘飞
他在此上岸，没注意到落叶
他是那唯一还在低声清唱的人

我听到响亮的落叶，一声声拒绝
他走着，周围倾倒着时光的路牌
他已无法返回自己绽放的地点

倏然间，满眼都是你欢笑的春天
你这衰垂的躯体，正步步塌陷
他为我满眼是清唱，步步在注解

荒废了，你抛下船，走进了皓月
你多么适时，多么地正确
让噗啦啦的声音，在枯枝上落满
或让它到处响着，再也没有落点

“开玩笑而已，其实每一个季节
都值得我们珍爱，值得怀念！”

你梳着逝去的白发，笑意如兰
因为你陡见自己，在皓月里腐烂！

二

秋露微眠，恬寂的荒有些醉
浸透的乳色里，梦无力起身

昏昏欲睡；没有清澈的明眸
在此，没有风，也没有凝望
逝去的人；秋露意识到自己
将再也得不到最后一场销魂

昨夜冷雨如鞭，抽打着春天
抽打着深秋前的一切，昨夜
清算；悲痛的不仅仅是岁月
等清风吹醒遍体鳞伤的舒懒
寒痛交缠，雨已歇，望着月
转身的事物不知该如何告别

慵倦中亲历这一场致命退却
萧瑟世界，望不见再可吹落
任何一片树叶；当窗帘已闭
四野无人，风忽来蛮横访问
朗空云乱；等夕霞挣扎于血
没有谁惦念那个行刺的凶犯

总有些地点，总有一片水面
供枯枝，供荒芜的碎片漂来
伴水鸟离去时，为自己哀婉
沉静将掩闭它们怀念的双眼
直到傍晚，直到飘曳的芦苇
被寒风吹白，世界是场悼念

它们让清澈的星群游荡起来
空舟一叶，独自歌唱那轮月
没人知道大地的惆怅有多深
这恬寂的秋色，到何处安顿
没人知道岁月的辛苦有多甜
这乳色的幻境，藏何处眷恋

没有感动，也没有默祷的人
它将去怎样的世界成为永远？

（1983年10月13日）

主题

每年春天，那些乳白色的雨丝，都织着你的头发
像一支没头没尾的谣曲，唱来唱去——

大地又热又湿，在你那白嫩的脚掌下面呼吸
春复一春，你的大地，每年就都这样延伸——

每年春天，你雨湿的脸上，都有笑意
我站在雨地里，一遍遍仰望着你——

你弯腰又起身，弯腰又起着你那丰饶的裸体
再展臂抛出，含笑走去——

每年每年，你的麦种如雨
你每年播撒着，你的谣曲——

每年春天，都会有雨点般的麦粒，打在我脸上
我每年都分不清，那是你播撒的音符，还是雨滴——

我每年都这样哭泣——

每年春天，你都这么唱着歌，播种着麦子和雨
而年复一年，你都在雨中遥望着这片永无收获的土地——

每年都有那些乳白色的雨丝织着那些谣曲，你洁白的脚印
每年都有你雨湿的脸上那春天的笑意，我绝望的哭泣——

（1985 年春节）

风

风把我们的脸容吹落
转瞬即逝的云，拖来一个
巨大的阴影，后面的春天
这是个空前的乞讨者
她长发横飘，拄着弯曲的梦
她瞎着眼，在大地上
四处漫游，张开嘴唇
舌头处空着——

你到过的荒川
生长着伸出的手
从狂烈的热风里
捧起腐烂的夏末
那一轮受伤的太阳
喝着自己的血呕吐
大片惨白的丛林
浩荡哭号着什么——

无可挽回的皮肤
全部被撕落干净
那些爬行中的鸟
还在风笛般歌唱着
它们唱失去的云朵
唱所有翅膀的歌——

你们该翩跹啊
你们为什么不拍舞
你们就翩跹罢
到属于你们的空中——

多么遥远的哀悼啊!

那之后
空气死了!

在风吹落脸容之前
在所有挣扎中!

（1988年8月）

沉闷的河，漂移的古歌 _ 节选

沉闷的河
昏暗而茫远的山谷
昏暗在思索

它永无可思
远无可索
四季无风
无风但绵延着
大地的波涛
它沉闷着
蓄积而涌动
并绝对塑造着
昏暗的磅礴
它让
广袤苍深的天空
是你的广袤与静默
是你那一波波
听不到哭的

古老的歌

当所有的大陆
在沉闷中
相互逼近了
那巨大的力道
将你逼迫
让你通体感到
极度痛苦
直至你再也
承受不住
使你在眼看着就要
拦腰断裂的
扭曲之中
你惊恐地抱紧我
用你如此沉闷的河
你喂啊喂养着我
你这苦难种群的
乞讨者！

你不敢出声
你以牙齿
以抓进我躯体的
如钩的手指头
释放着惊恐

颤抖着缓解
你周身剧痛
你又以永流的河水
灌进我的口
和昏暗的思索
我大口吃着
我那已世代失音了
我满腔是卵石的
这沉闷的河

我吃着
我这母亲
和她那古老氏祖
包括她所有所有的
枝蔓家族
他们在大陆上已经
默默消失了
她父辈人也已
大多淹死了
而我还活着
看见身边
飘浮的尸首
我的族人们哪
我不能说
我已经不能这么

边吃边活
她沉闷的低吟
与逼近的大陆
已把我都快要
全撕碎了啊
母亲啊
你那不死的双乳
已经惨不忍睹
我满口是血
牙齿全掉了
我已分不清
我刚刚咽下的
到底是我的牙齿
还是你的乳头
而沉闷的河上
一个无边的问询
正昏暗趴伏着
但是母亲
你为何还在
沉闷闷笑着
并摸着我的头
当我的头发
随之正在
一缕缕脱落

族人们哪！

我望向昏暗

朝茫远的山谷

我这生生死死

载歌载舞

但苦楚无尽的

亲人亲友啊

你们的母亲

就是所有灾难

和世代悲愤的

制造者

这宇宙间

一切苦难与暴行

也远抵不上

她这滔天重量的河

当她沉闷一笑

而你一声不吭

连我的眼泪

也这样沉闷着

如这沉闷的河

我死罢

我就死了罢

抱着你像抱着

昏暗山谷的思索

但是我
仍然是活着的
因为母亲
不让我死
她要我活
她要我永远
就这么吃着
她的河！

（1988 年 9 月）

搁浅于爱的邮轮

但是你不可遗忘　不可遗忘啊
因为春来时　你又会在我的体内
轻唱啊　轻唱

——《耗散的人 · 雨中风琴》

岁月的低语

让我就
轻柔地抱住你　听着你叹息
让雪花　飘进你喘息的余波里
沉湎不去　要不就无声抹去
你嘴角上的笑意　她将静谧
就仿佛她已　无声死去

不怕垂毙的季节　偷听你叹息
不怕醒来的孩童　惊呼着跑去
不怕白日恨你　黑夜有耸听之语
不怕树枝和树枝们　迎风吵嘴
并编造　传递着　你的消息

沉住气
你要慢一点叹息　世界是险境
留神那颗坠悬半空的露滴　雨滴
留神那笑着的眼中　神秘的意蕴
留神　风　雨　和广阔的大地

最后留神　你身边那个人

（1983 年 12 月 13 日）

嚎诵是一种热爱的曲式

深深地

你在我拒绝睁开的眼睛里　我那瞬间永存的视网膜里
你在我值得保存起来的　每一根黑头发里　白头发里

深深地

你在我紧紧扼住的喉管里　我那总咽不下去的世界里
你在我裸露而不可惊动的每一条好血管里　破血管里

深深地

我是你感觉最难耐的脚掌心
它总是踩进我视网膜那片灿烂和脆弱的夕阳雨里喘气

深深地

我是你不可容忍的那道皱纹

它勒在你青春的鞭刑后沟壑遍布但天天盛开的微笑里

深深地

我是你无法摆脱的全身毛孔
它们集体大肆张开着　朝着一整年寒雨　朝滂沱不闭

深深地

我是你疯狂扭动的所有神经
它们挣扎着欲死在这世界延缓勾红的　我们弥留之际

深深地

（1986 年 2 月 22 日）

梦游者

你收下我，你使我成为梦游者
你夺取我，你使我失去了肤色

你是笑的女王　笑的执行长
你把我吹圆了以后　举我到广场　只要是
云淡天朗　你就把我朝空中　轻轻一抛
再拉出一长串笑神经　抽着我往上飘

往上飘啊　你追着我喊道　不许你掉
你这如唱的欢叫　让一下下托起我的微风
都半醉了　但往下掉　正是这空中曼舞的
核心奥妙　而你就更忘情地追抽着我了
像追抽着漫天笑料　那抽打声　就是我
升升降降之中　荡魂的惊叫

判处了这场灾难徒刑的不是别人　正是我
于是白天　我成了这样飘行的梦游者

也丧失了月照如洗时　皎洁的肤色　因为
我全身上下　已经比斑马还要烙满荣耀
我就想　在所有斑马里　我舞跳得最好

但黄昏那刻　就是在隐晦的黄昏那刻
你玩累了　就放我蹦跳着栽倒　再俯下身
把我从梦里　一点点挤出到地上
然后你把梦叠小　静静收好

回家以后　你就用绚烂的目光切开我
用白嫩嫩的指尖　清洗我　又撩出一串
琳琅的笑　砸响我　用舌头整日整日
供养我　我常常在梦里　就这么觉得

到夜里　我是你嘴中　唯一的鸽子
我就用湿漉漉的鸽哨冒充笛子　隐藏我
像隐藏　象征你一世之美的那种花朵
你已将片片花瓣　咽进了你的梦

它们在梦里　都为你漂着
它们年年月月　都将这么漂着——！

（1988年5月16日）

杀戮时刻

我被你的岁月无端杀戮
当你剩下了房子和我
我跌倒在无尽头的通道深处
我被抛弃了　岁月拎着刀

你用所有话语撕碎了我
连历史和冤魂　都比我有救
现在我的手已经摸不到我
你临走时　把它一脚踢走

我看见落日　我那血桶
向周围一片片　快速在渗漏
你神色怡然　花的从容
我弥留时她漫步在晚风之中

忘端盘子了　上面是我的头
想起她记性不好　我就笑了!

（1985 年 7 月 15 日）

爱情组诗 _ 节选

其五　解剖

躺好以后
把它解开

你看　就在这儿
不用切太深

用这把就可以
在手上掂了掂

那全麻　还是——？
不不不　不用麻醉！

你笑了　说看你急的
你还真蛮自信

那当然

我斩钉截铁

粉白的肌肤
感到极细一道凉快

多么甜的刀刃啊
真相大白的帮手

来了　热辣辣一进
割开的一层翻开

流涌出一股红的
和谁知道什么玩意

你笑着说　看罢
你还想抵赖?

不不不不　我说
那个不是!

我没有染色体
我坚决否认

我没有细胞
没有纤维

我没有神经
没有骨髓

我没有红白血球
我没有 DNA

我没有任何的生命体
可以再爱你或繁殖!

你又笑　说看你急的
那切开下一层看看？！

其六　分析

群岛上堆满了　成山成山的脚趾
世界的脚趾　云沉默于深红时期

站立起惊涛满身　披乱发的死
全白了　仅见飘舞的　是雪和雨

帆像贝　像一张嘴　紧咬住一丝
切开的云　有迷人的风嘤嘤在吹

但咬不住啊　云不允许　我读着

如许群岛　这白发淋漓的死讯

我要大骂　或者　疯狂地赞美你
你是一个多么　多么的人!

（1985年7月19日）

多么要你

为逃避这一世绝对可能的　空旷的游荡　赴空旷沉寂
我双眼关闭　我什么都已关闭　我睡在这里　漂如船底

在我眼底　就会升起一片大海　和无数白昼的　无边无际
那些泛起的歌将散开　你站在这里　你展臂梳着　白昼的发式

你还比划着　比划着　什么消息　可是我什么也　什么也听不清晰
然后你又弯下腰　咯咯笑个不停　你弯下你那　濡湿彩虹的柔腻

接着你走近我　就把我一下下　一次次　推醒　拉醒　带着桃花的怨意
我就睁开眼看着你　你也看着我　如相互都读着一道　无解的谜题

然后你奇怪地猛一推我　我就一下子掉进了　漫漫柔软的夜里
这之后　到处是你湿热的气息　我迷失在你的夏天里　却怎么也找不到你

你就又是催我　又是逗我　又是拍打我盲目的身体　又是胡乱抱住我呼吸
我就哭了　号啕在水底　我就不断在水里到处去捉你　你开心得像条鱼

有一天　我终于一把就抱揽住了你　像溺死前的人那样抓住你　捕获了你
哦天哪　我就吃下了你　我吃下了你　连骨头和头发的影子　都吃了下去

这世上　我已经没别的任何东西可吃　我是在大吃着你时　才再一次知道
我一直都是　多么馋你　多么要你　连死了以后　也还会是这样子——!

（1986年3月14日）

神圣的交谈

我再也爬不出　这茫茫大海的哭嚎了
从海水中捞起你猫一样的脸时　我说不出一句话

我也再不能推开　被月亮堵死的　梦的门窗
时间的蚌壳　如今已全踩进了　我上岸时的脚掌

移动着脚掌　我扒开石头般的寂静　偷偷带你回家
就只是想说服你　哽突在愿望咽喉里的　不该是死亡

但我们辉煌过的嘴　如猛烈关闭了一样
找不到谁在谋算这个日子　我们的舌头就没了

悲剧永远从内部起航　我曾经　把你那猫爪般的手
像蛇一样攥紧　用彻骨的眼神融化你　想要噎死你

你却成功逃脱出了　你那身妖娆雪腻的胴体
闯进我身体里　呼吸春风春雨　而且开心地笑个不停

你就在　我被你撑胀到半透明了的　哀苦躯体里
伸出爪指　要抓破它们　你在我体内　到处这么尝试

浩劫就来了　大海咆哮着　你一逃而去　朝汹涌狂奔去
退潮时　我找到漂浮着的你　我万念俱寂　万物也俱寂

除非能收集到　腐烂重生的蜉蝣状词语　放到我嘴里
再吐出你予我一世的重大意义　可我已经　呕不出半句

你毫不吃惊　猫爪还漂在茫茫无奈的海水里　一伸一屈
直到我不忍丢下你　趁着夜　又偷偷赴海　捞捧回了你

没想到　你与我最后的镜子　就在这时　掉进了海里
刚一上岸　又与月亮遭遇　不巧　她当时正在赤身裸体

全流了　她派来的海水　已经漫进了我们隐修的家里
我还是没有　可以说出的任何意义　你也还是不见呼吸

此刻　月亮已来到屋里　她知我不能语　知你也不能语
我们将粉碎成星星　但是　也许　不包括你——！

（1988 年 1 月 15 日）

鼎盛时期

你的眼睛　是我生活的鼎盛时期
你嘴唇一抿　标志我一场悲剧
你张开的手指　总撩散我的思绪
再一合　又把我柔软收起

如今残存的　是空旷的背影
是四季临门时　惶恐的回应
“哦来了，来了……您找谁……？”
是踉跄奔去的步态　低颤的嗓音

这时候已走到门前
门还未开　或闭

是不知所措　看着门外的柳絮
看着雨　看着灿黄的落叶　和雪
看着任何人　端着茫然的笑意
并张口结舌　谈起失忆那段日子

不懂你为何要在富饶的阳光下
使我一贫如洗　绝收如洗
我走进另一个夏天　人群照例拥挤
但遇到的都是你　含笑的都是你

我看见我笑了笑
走进墙里——

（1987 年 9 月 18 日）

海边幻境

浩瀚的排浪　突然一个撞击
它那瞬间潮形　置我于震惊
在这荒弃有年的滩涂的清晨
满目是船的尸体　海的病讯
我是当时唯一撞见你的人

你跪着　穿一条白色的没脚睡裙
它隐瞒了与你那双脚有关的芳华日子
漫长的发丝　拖着广阔的黯湿　在那
泊满死亡的滩地　你跪如处子　凝神如痴
像在精心挑选昔日或是来日的最好故事
它们都在你凝神比看着的　斑斓贝壳里

你梦痴痴笑着　分码开了它们
但仔细点算过后　你很是吃惊　接着你再次
点算　再一次吃惊　你就不快地噘起嘴唇
眼里是茫茫迷惘甚至伤心　仿佛这并不符合
你点算的预期　你就又把它们　混合到了一起

再重新开始凝神挑选着　贝壳里的故事

浪的幻影　像快照　凝固我的记忆
也不知是什么样的排浪　推来了你
使我失落千里　寻觅千里
却无法在这一刻　把你扶起

就在这时　你举起并不存在的一只　就站起了身
你引吭高歌　使大海震惊　又造成它的沉寂
而你就倏然隐入最渺远的岛屿　那些忽然哀歌着的
鸥的眼睛里　随之是广阔的退潮　再后
海也消失　我站在这满目船尸的旷野中心

我犹豫一会儿后　走了过去　捡起你分挑出来的
所有故事　捧到眼底　想看个仔细　于是十年过去

这么多年来　你一直光着脚　躲在我致岁月的信里
就像为所有船偷哭的月亮　挂在我屋顶下的音乐里

（1987 年 12 月 31 日）

耗散的人＿节选 / 雨中风琴

昔日　我们是雨中风琴　演奏出流风的
淋漓手臂　于是菊花　开始漂去
菊花竟簌簌地　这么多漂去　碎落的银杏叶
坠如流金　刚一望去　流风一抹　满地空寂

当满地空寂　笑也空寂　时间的花蕊
不知在何处啜泣　这让盘旋的目光　收闭纷纷
羽翅　催它们飘进晨曦　卷进浓郁的黄昏里
再摸向盘旋的鸽笛　朝雨中失去的下一轮蜂鸣

风车中的脸　映出层层波纹
把喋喋不倦　牵到梦中溪流的唇边
我们用月亮的语言交谈　交谈罢
让惊飞的日历片　不知所去　什么也不能穿越

抓住我们罢　放进雨中风琴
演奏皱纹　演奏眼睛　演奏新残的翅膀根
脸的旋涡　秀发突然一摆　那时光的秀发纷飞

它们织成了我的手掌　你的恼怒　开始哀声哼吟

垂顾的手　就伸进这轰响的雨中风琴
把我们的目光拨弄一阵　又抽出　寂静
我倾听　仿佛是第一阵疾雨　它叮珰走去
那曾是我们唯一的春　是第一天好日子

接着它无由休止　很响亮一声关门
我们都愣了　手里捏着车票　可哪儿也再去不了
但是你不可遗忘　不可遗忘啊　因为春来时
你又会在我的体内　轻唱啊　轻唱

我是你白天的乞讨者　喊叫在街上
我患了雪盲　我常会栽倒　我丧失了最基本的健康
我再也不能站着醒来了　我每次喝一杯水　都会
大醉一场　看见你纷飞的翅膀　无数翅膀在飘

我想逃出时间的立场　就散步　散步去罢
这多么好　你救出了我　并带我到你的月亮里
永不睡觉　从此那些惊飞的日历片　就都乱飞着了
它们将永不能飘进月亮　飘进我们的时光

于是雨中风琴　将永远演奏着　流风淋漓的呼啸
它演奏　菊花漂着　而银杏叶　为什么没有落下
笑也散开着时间的翅膀　花蕊盘旋着　追着鸽哨

当风车齐唱　你这垂顾的手　就再不能收起来了

于是有多少　多少　多少个记忆　在挽留我
为了将　满头飞雪　失音的眼睛　菊花的脸庞
数十年春风的乱发和手指　那些岁月的快照
每一天　每一分钟　都被扼住的叫喊跟欢笑

都埋进此刻　埋进永恒的　今天啊——

因为那演奏风琴的乐手　早已经死了
他笑如白昼　他会用流风般的手指　演奏着菊花
她就是月亮　她摸摸盘旋的岁月　演奏着翅膀

那雨中风琴　将一直就这么　无主奏响——！

（1986年2月18日）

他和他们的沉船

人看见自己的青春会很容易死
它望我那一笑，竟是这么单纯

——《四月尽头的人》

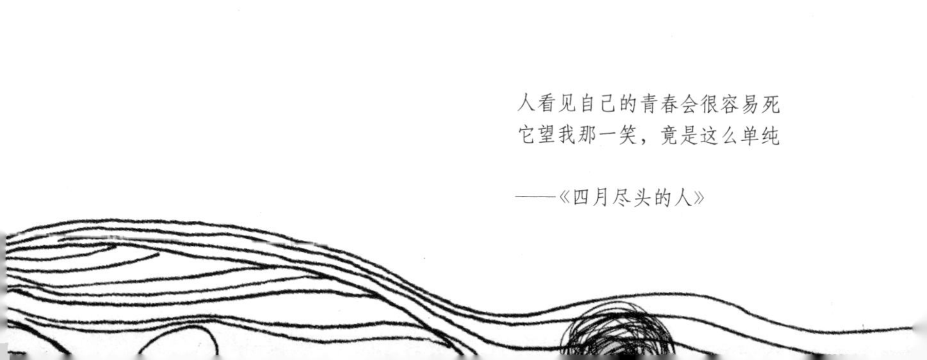

他的情歌，他的盛夏

（读 T.S. 艾略特《阿尔弗莱德·普鲁弗洛克的情歌》有感）

他让我联想到的，是我们那个时代，
他和我，和所有不堪的岁月……！

正当街上
泛溢着盛夏的阳光
热乎乎的鸟们　已经舞不动
它们难看的翅膀
我将在你汗淋淋的脸上　或你
紧黏住衣裙的　某个地方
把整个夏天
彻底遗忘

我曾想
一旦我像个
裹着黑头巾的老婆娘
在你耳边　没命地讲啊讲
而你却因为我一口

不整齐的牙　慢慢绽开一丝
不易察觉的窃笑　并眼神漂泊着
望向别的地方

是的　我将
在这无声的宣判里
让奴才式的惨剧
突然开场

我将激昂地
转变话题
先狠掮自己几个
极清脆的耳光
再站起身　来回
快速　踱着步子
并手舞足蹈
大声宣讲

比如那些蔫耷耷的　鸟的翅膀
那些最丑陋的鸟爪　为什么
它们为什么从来就没人下诏说
喂——！就你！你去！把它们
全都给我剪掉！一片也别剩下！
它们怎么居然还耷拉在这里
烦惹我啊　是想

激怒我么？！
你们要干什么？！
我厉声斥问道

当然了　我赶忙会说
我会赶忙转过脸赔着笑说
这其实主要是　把你给烦惹了
对么　那是当然了　我说
你看你看　你确实怒了
对不对　我赶紧说
因为就在这时
你已经把手中的杯子
激愤地朝我　挥臂一抛
那道雪亮的弧线　是一柄
劈来的利斧　它将把我
从头到脚　纵着
大劈成半个身子
而那半扇的我
就将血淋淋
还在疯狂
还在嚎叫
我就将单腿跳着走
继续更激昂地
宣讲
宣讲

而且　我想
有可能仅仅因为一只
很寻常的袜子　当时它
悲惨地歪挂在了　它
不该歪挂的位置上
而且它为什么不该　它
自己也不知道　但是你
旧有的一切怨恨　就会
通通发作　骤然爆发
你会断然把我
连同我那孑孑的影子
彻底焚毁　一起烧光
而且是亲手干的
当晃动的火焰
在那儿映照
你将风情万种
神采飞扬

天哪
你绽放的美好　全因为
你焚烧我和我那影子时的
鲜澄澄的　火光
而我在如此争气地
让我全身上下

这所有的有机物
都这么赤裸　这么
坚强　都这么难以
快速烧光　快速融化
以便让此刻这晃动的火焰
去继续创造　你神采飞扬的
旖旎的延长　我要让它
能有多久　就坚持多久
能有多长　就一定要多长

天哪
我想
在一个
大雨浇淋的晚上
我在想
你会不会突然登上一列
开往南方或是北方的特快列车
而把我干脆就寄存在了
空荡荡的站台上
我将失魂落魄
孤如一根站桩

因为我想
假如我其实
也坐在那列快车上

我没穿任何袜子
就这么坐在
你的身旁
你的表情也
和煦　安详
等到站了
当我兴冲冲背着
未来的行囊
大汗淋漓地奋力挤出那个
人声鼎沸的检票口
放眼一望
我会不会
突然发现
那根本就不是我们
要去的地方

或是当我们
背着行囊　东张西望
穿过的却是一条
荒废有年的　无人的
街道　店铺全空寂着
广告牌到处歪倒
而影影绰绰站立着的
都是一人高的蒿草
你这时转过脸来

朝我一笑　那是一个
不容提问的　神秘的微笑
我也赶紧冲你　附和着笑笑
虽顿时心里生出一丝迷惘
但是我绝不敢流露半丝
让你看到　而
再往前走
再往更深里走
那会不会又是一条
更寂静　狭长的
弯曲小巷

当我脚步的回声
越来　越响
在一个转弯处
我会不会忽然
惊愕万状
眼前赫然竖起一堵
类似监狱那样
阴森斑驳的高墙
而且越来越高
紧接着
一扇巨大的命运之门
就在铿锵回荡的撞击声里
从我身后　轰然关上

接着是锁声　咔哒哒哒——!
我立时惊恐惶惑着
回首一望　就见四周
就只有我和已经
突然闭合了的
巨井式围墙

这时候
我想
我会不会
才突然记起
你其实根本就从未走出过
那列车厢　当那位发式妖娆的
列车长　走来了　还冲我亮出一个
甜美暧昧的微笑　像你极了
说您要下车的地方到了
请您带好行李　您要走好
而我竟欢呼着站起身来　快速
背上那些　属于我们未来的所有行囊
再拉上你的手　一路穿过整个车厢
下车后穿过站台　和人声鼎沸的检票口
再来到之前那条荒废有年的　寂静的街道
我手里紧紧攥着的那只手　就在这时
一下子挣脱出我的手掌　接着是一串清亮的
嗔笑　你拉我到这儿来干什么呀?

那当然是晴天霹雳　在我耳边炸响
我一看　天哪　我这一路拉着的
竟是那发式妖娆的列车长　我完全恍惚
崩溃了一样　她在前面呢　她却笑道
朝那条更寂静　狭长和弯曲的小巷
抬一抬下巴　哦哦　对不起啊　我于是
懵懂着继续朝前走　就走进了现在
这个状况　之后她去哪了　没人知道

就是说　你不光从未起身　也从未与我
穿过站台和检票口　再穿过荒废有年的
任何街道　任何小巷　你也从未朝我
露出过那个不容提问的　神秘的微笑
你根本就从未伴随在　我的身旁
而那个发式妖娆的列车长　正是
你的同谋　你用意险恶的同党
她甚至就是你扮的　我在想
她走到我座位跟前那一刻
好戏就已开场　甚至还更早
因为你实在太熟悉　我的软处
正如我不堪一击的持守那样脆弱
我动乱的神智　饥饿如狂
而且已长久处于　紧张待饲的
状况　见任何事物来到眼前

就都会以为是食物　包括钩子
我会见钩就咬　你连鱼饵
都不用穿上　我一旦咬上
不论多疼　嘴都不会撒
直到能把它　成功咽下
而且　不论它狠拽着我嘴
去哪儿　就都是幸福了
而你是知道我的　你
完全了解　我这个
活着的致命伤　所以
这一切　哦天哪
就都是个煞费苦心的
完美圈套

这时候
啪嗒　啪嗒
有大颗大颗的雨点
零乱　砸下
我继续呆站在那里
没有伞在手上
而你正端坐在那列
开往南方或是北方的
特快列车上
你的表情也
和煦　安详

我呆站在巨井中
除了倾灌下来的暴雨
周围空空荡荡
仰望头顶那孔
深似光阴的
暴虐的通道
我的谬误
竟如此确凿
我直如一条
站立之犬
前爪还绝望地
不断抓挠着
头顶上方
像是在问雨说
你们为什么
朝我在下啊
是在和我玩么
又如雨中那柱
失魂落魄的
被遗弃的站桩

从前有一位
来历不详的长老
曾慈祥摸抚着他的头发

忍着笑说道
你总去端捧最漂亮的酒杯
却吞进让自己命定的夭亡
你向众人跪献出殷勤
却是在催促　为自己送葬
你原只是想修补补牙齿的
却换回一口　空洞的牙床
你伸出自己很审慎的手
却分寸刚好　把自己干掉

那么我是不是该设想
是不是该设想
我就把那些难看的鸟儿
都捉来喂养
我要好好梳理它们
那一双双这世上
最难看的翅膀
我要好好地擦洗它们
那一只　又一只
可怜的小爪
我不如干脆就
放养它们算了
让它们在周遭就
飞啊　飞的
让它们到处胡乱乱

歌唱啊歌唱

并同时

把你

彻底遗忘——

在这个阳光泛滥的

不死的盛夏——？！

（1983 年 8 月 18 日）

他的境遇：把门带上

一

如果你说——
给我们无趣的日子
弄出点新花样来罢

我会马上噼啪站起
就扛着工具和木头来了
要不　就做张床罢

我说

二

就这样罢
把玻璃擦完了
把窗帘子拉上

等擦完了桌子

和床

把门带上

等我把床铺好以后

我犹豫了一下

就傻站着　我说

那好　那我走了

什么——?

你道

我慌乱中

一愣

赶忙回望——

三

时光相视着

有一朵鲜花　逐渐绽放

时光就断然冲向它的对视者

与另一个时光　激烈拥抱

两个时光　撕裸出彼此的真相
沉溺于交汇之前的　最后挣扎

那是时光之间的　亢奋撕咬
其中一个就闯进了另一个的腔道

时光要冲破时光　滑暖的挤压
时光要吞扼住时光　驱力的盛大

时光与时光　肉搏着对话
它们相互展开　又挣扎收拢着双方

那是只属于时光本质的残酷与美好
那是只属于时光交互鏖战出的绵长

这时候　对决的时光开始失控了
要奔向最后的聚合　最后的崩塌

时光与时光　冲向同归于尽的终了
它们都再无拒意　挽回都已无望

于是时光就在另一个时光里
突然爆发　而时光　时光啊

它们就成了一对　同体欢溃和
盛放着的　花　亦　非花

它们都　非花

如　无花那样

四

静下来了
静如无涯

时光无声地
浸泡于时光

时光在昏迷中
衰萎于广大

在广大里分脱
在广大中偎靠

我不知道什么了
你也什么都不能解答

我没看见星光下泄着
你也如止水　没什么力量

就只是让时光昏沉
时光是一种飘摇

然而深夜了　这时候适合
低语　该说点什么话

无论什么话　当相互之间
还这么沉溺相予着

那我就说些彼此
都难忘的事罢

比如那次骑马
我们让它们自由奔跑

你大声欢叫着
你头发在飘

我鞭打着风
你头发把我抽打

我昏睡你身边

而你平躺在天上

哦你可能
永远都体会不到
你感受不到

我梦中为你
唱过的那支歌了

它的意蕴
它那种供我们可以
永世相爱的
平静　和安详

而那是多么的靠近我们
那时候的天堂　或者是
地狱啊——！

当你还是我那时
最亲爱的
重创——！

五

但——

嘴没有张
没有过谈笑

没有任何工具
和木头　也没有过床

没有玻璃
所以　不需要我擦

窗帘不能拉拢
因为还没买呢

门
也还没装上

而且当繁星满目
那一柄皎洁的弯月如刀
但什么也不需要去杀

没有任何的马被骑着
也没有抽打我的任何头发

它们正站在我面前　在这个
我完全陌生的　空场上

它们都在与我
很奇怪地相望

它们为何而来　谁派
它们来的　我为何在此

它们为何只默默站着
与我这么相望

我不知道　我真的
不知道　我快要疯了

但它们确实是马
我完全无话

我只依稀记得

我曾昏睡在你身边
你平躺在天上——

六

然后你说

把门带上!

（1983年8月20日）

他在这第十一月的供述_节选

失眠的月份里出了一件事，他就沉湎于自己
和梦境之间；他寻求开解，但是，没有门！

其三　问供

你制造并吟唱着我的重创　还问我说清楚了么
接着你继续绽放　朝着世界　眼含嗔怨去望

你轻轻吹落成群的晚云　成群的一些梦
它们飘飘舞舞　春就被彻底感动　春把你围拢

你柔密的乱发　为春飞舞　气息是她的风
你的眼波就绚丽入梦　你完全不知道
这是春造成的　春于我如剔骨　春通过你发情

那种流泻　和流溢出的事物　同样是美好的
帮着风滑入　这让她更不可能在乎　她已经

制造并吟唱着的　是不是置我于苦　起身时

一个温柔的声音在劝我　就算她杀了你了
你也先别走　也别把她　现在就唤醒　好么哥

这时候　如一夜激荡的狂风过后　满地是花
是叹息掉落　是冰雹造成的　对来日的惊恐

当它们握不住　也拉不住　你手指冰冷
雨落也无声　你忽然微启明眸　梦痴痴轻问我

你何时回来啊　我的父——？！

哦　天哪　我原来　我居然是我这
至爱宝贝的　最心爱的父——？！

其五　船歌

当时代唱起那支古老的船歌，我得有动作！

但是他确实不知道自己，是纤夫还是船夫
可是我很肯定自己，绝不是坐船那主
这他还清楚，在这种事上，时代不容你糊涂
那就拉罢，既然歌都唱上了，而且这么郑重！

赤脚踩进冰碴犀利的泥泞，他用大弓箭步
肩住他身后那艘看不见的船——之绳索！

跟着哼啊！
哦在哼！我们已艰难在哼！

他感觉寒痛淋漓的脚掌，已经步步血国在走
但是这船要去哪儿啊？好像并没人来告诉！

这还得了？！回头拉到地方，才发现错了？！
他就站住，直起腰，很惭愧想到：这错在我
我可能根本就不是个纤夫，而是船夫
因为一个真正的纤夫，怎么能不知道
把船往哪儿拉呢？对不起啊——
时代！对不起啊，我国！

他于是默默把自己，庄严地脱成了全裸
因为所有大时代的雕塑，都得这么整才神圣
咱也得显摆显摆，咱也有卤，看着也挺永恒
于是他开始赤条条摇橹，或桨之类的事物
尽管他那激昂挥舞的手中，其实空无一物！

跟着哼啊！
哦在哼！我们已艰难在哼！

不清楚的是作为大时代船夫，他肌肉壮丽否
就又在琢磨这船了：您这是要去哪儿啊您老
怎么还是没人来告诉？他就在奋划之中，想哭
但作为船夫，我显然不应该在这一大片荒漠里
一边咧着嘴傻哭，一边奋力地摇着桨，或橹！

他就再一次知道自己错了：我其实也不是什么
船夫，我估计我就是这船歌一帮手，哭无益处
他就突然开始裸身起舞，为那船歌伴着舞
以各种姿势，各种可以展现他肉身状况的
跳跃中的角度，或不跳跃的角度，以各种造型！

跟着哼啊！
哦在哼！你没见我都在跳着了！同时艰难在哼！

他看见前面那轮落日，满身伤口
联想到混乱的青春，和这么对不起的国
他已泪眼婆娑，就恍惚自己正孤哭于一个梦中！

你别这样好么？他摇摇头，并缝着脚上那些嘴
缝着那残破的桨和橹，缝着那轮落日的伤口！

他缝着自己和这梦，要缝合出自己为什么不是
纤夫，也不是船夫和伴舞者，这断了的线索！

他默默缝着，执意要缝出个理由，哪怕是借口
但时代的船歌，已经从最初的郑重唱到了隆重！

而落日浸染着的浓重云影中，已经有
循腥的野蝇，兴高采烈，疯也般旋舞！

河流远去了，时光在遁走，他感觉：你抛下了
我们这些正缝合着自己也缝着你的民众！

当我们走在这被遗弃的关头，世代族人们相约
聚去的那棵老树在招手，嗷嗷群鸦，也飞来送行！

四周是饿狼们强忍血欲的连绵哀哭，这时候
我发现，就只有我孑然一人，伫立如那老树！

那嗷嗷群鸦，和狼们的哀哭，在把我热情赞颂
但同时还劝慰我说：你的脸上，要洋溢着幸福！

他顿时暴动！以纤夫、船夫，和伴舞者的光荣
他继续疯狂动作着了，不考虑他已被癫狂掌控！

他朦朦胧胧感觉到自己，似乎与时代、与古老
与歌，与动作，与任何的船，都已无涉！

跟着哼啊——！

哦在哼！我们已艰难在哼！我们无涉也哼——！

再跟着哼啊——！

哦在哼！我们已艰难在哼！无涉也要哼——！

（1983 年 11 月 1 日至 13 日）

晚春里一叠待焚的手稿＿节选

四月是迷失和不可能沸腾的一个月份，
但总有一些可怕的真相被它活剥出来！

——摘自整理辑录时所题《四月的断言》

其二　一个获得鼓舞的丢了魂的人

那天从房里追到街头又追进这个世界
你奔逃而去的身影使我脉血爆贲
再怎么样热爱都彻底成了一场表演
痛诉时一次次跌倒再一次次爬起了身

这条街看来将永远属于失败属于痴人
我发誓我站得已经不能比这时候更稳
你奔去的样子就像要赶紧逃出疫区
而我正是那跌跌撞撞追着你的病源体

我预感你这一去很可能就会好几个世纪
这中间我将没任何办法再找到你翻案
你跃出一步就等于我被丢下好几十年
但突然之间我看见你停步了并转过了身

天啊我得救了你以如此仁爱赦了我的罪
你这一个转身就又挽回了我好几百年
我号啕着冲过去并热烈抱住你愧谢着你
直到哭昏之前才终于发现我原本就是你!

其五　一个在下雨那日疯了的人

他暴怒中撑开雨伞，又一下子将它收闭，周围淅淅沥沥，
他突然将那把伞再打开再扔到雨里，像赌棍抛出最后一把烂牌。
他仰起脸，随它去罢，任着雨点，并泛出一丝似笑非笑的表情。

他这么苦笑着停顿　只想问　你干吗要这么干啊你
你干吗青天大白日的　突然就是雨　还就用这块云彩
你还专就只浇着这一个街区　让周围一派朗日
你这完全就是要踢场子嘛你　我他妈真想骂人

因为他这个精心烫蓬　亮出额的发式　很快就将趴贴
他特意用碳笔涂黑又涂粗了的双眉　更是极为怕水
他借邻嫂的粉扑遮住的鼻子上那块白癜风　很容易露馅

他这么拾掇自己时还嘀咕着　我真他妈疯了　但就这一回

行不行？行不行啊？！我他妈就疯这一回，行不行？！
他在家这么干时，冲镜子里的自己突然爆出嘶喊
心里涌起的是多少年的委屈和悲愤！他差点砸了镜子。

就是说我再怎么折腾和捯饬　也摊不上一回能赢的命
他那把伞　正歪着在雨打之中漂远　那么说　我就是
今生今世一孽障而已　他嘟囔　因为今儿必须是个好天
而且一切都已排定　我他妈就没摊上过一回能赢　他呢喃

呆淋在突如其来的雨里　他忽然开始狠抽着自己的脸
我就一傻逼　气象局那哥们在他临出门之前　还信誓旦旦
还笑他　说你丫神经啊　都问他妈几遍了你　然后挂断　但
就在那刻　他心里一忽闪　临出门前　他还是揣了把伞

天道无常　我是防万一而已　他这么笑笑说　然后锁上门
所以你知不知道　你他妈知不知道啊你　他大抽着自己的脸
你雨一来　你他妈存心就是要毁了我的一切　我全完蛋
你这是让我跟她　跟她的所有关系　比他妈世仇还惨

你明不明白啊？我就是傻逼！我就一大傻逼了行不行？！
你就光毁了我，别带上她行不行啊你？！他冲着雨大喊！

因为雨是她的世仇　她见雨就疯　一下雨她就全身过敏

她怕雨会再杀了她别的亲人　因为她亲眼目睹过她的父母
暴雨中双双投水　在那个疯癫的年代　尽管她最终面色苍白
走出了那段凄惨　青春仍让她秀丽而皎洁　但雨从此成了癌

她就是一尊　还鲜嫩嫩活在世上却见不得一滴雨的小泥人
而我筹划已久的今天这场聚会　就是要和她　相约余年
就算我稀发疏眉　远远一望　就是一糟人　衰态也已明显
但捯饬过后看着还有点卤　她要是这么嫁我　不能算太亏

因为她幼尝失亲那种血肉直撕的惨烈，又孤独悲苦，辗转成人，
竟还花似的那么好看；那我再不人模狗样的，我他妈何能与配？！

所以我甘当当的　先得看着体面点　计划是　我先要发誓说
我可以把所有和雨水有关的物事　都扫荡出　我们的岁月
我可以给她一个再不用带伞出门的未来　她这么一听　我估计
她立马会欢呼雀跃　那我完全是针对着她的盘算　就真能实现

我为此已盼了多少天　等了多少天　就仅仅因为天一直阴
可当我终可以把好日子确定在今天　我还特地通知她说
你用不着带伞　但恰恰就是现在　你这场只浇着这个街区的
突来的雨　就他妈把我这一切一切　来了个底儿掉地推翻

你是预谋的对么？回答是叉子！所以人生终究还是这么悲惨！
我想笑，可我终于还是忍不住眼泪，也不知我他妈这哭为谁！

我恍惚看到你水淋淋的背影　正在转身　消失在细雨之间
我就在雨和泪里合掌低念　抱歉啊我真抱歉　可我确确实实
不是故意要让这突来之雨　在你那还未全愈合的伤口上撒盐
我还没那么浑　所以你千万不要　就弃绝了这整个世界啊你

你熬过了这么多苦　这么多岁月　你还是得有信心对不对
所以我睁开双眼　我真不信我居然会追不回你　抓不住你衣角
并把你悲绝哭喊挣扎不休的躯体　紧紧抱到怀里　然后我
不断请求哀求哭求你饶了我这罪　然而你居然真的没给我机会

为什么眼泪会意味着完结？你看都不要看一眼？为什么这场雨，
这时候下得这么过瘾，当它已彻底淋洗出了我想要掩盖的一切？！

那就都随便了罢　我本来就稀发秃眉　有一白癜风的大鼻尖
我现在想赎的是你　因为你怕水　你见水要疯　一下雨就过敏
我额发已趴下好几大绺　脸上黑汤淋漓　就像个站在一烂舞台上
脏兮兮哭着独白的疯了的小丑　在雨的掌声里　已彻底完蛋

喂　你　我突然听见　你一直这么傻站在这里哭　你干吗呢你
我回头一看　你笑如世界上所有的春天　当你站立在滂沱里
我也带伞了啊　你摇一摇手中的小伞　你吓晕了吗　你笑着问
你咋像个傻瓜似的　站这儿哭干吗啊你　你拍了拍我的脸

眼见你因这突来之雨，已秀发尽褪，眉睫尽净，但还是欢笑着，
你还举一柄并不存在的小伞说：你怎么就光担心人家啊你？！

我觉得我想死　并听到你恍惚笑着在说　你傻死了　你约我来的
这个日子　你说不会有雨　可你不是天气　更不是我任何亲戚
所以我出门之前就带上了这把伞　其实昨晚　我整夜都没睡
因为从今往后　我觉得我可能就再不用担心下雨了对不对

她嘻嘻一笑　你怎么这么难看啊　头发湿趴趴的　她突然凝神
你眉毛呢　她笑睁着一双裸眼问　你咋鼻尖白白的　像个小花脸
她举着那把并不存在的伞　又凝望住我　像孩儿一般单纯
你好多余　干吗要化妆啊　还这么弄脏自己　我差点没认出你来

他现在唯一的选择，就是先追回那把漂在雨中的伞，再把它打开，然后找气象局那哥们一喝到醉，再把之前的所有计划，烧成灰烬！

其七　一个被许多眼睛折磨的人

刚一醒就看见无数梦中的眼睛　在
四周飘行　我的所在　我们这座城
它们就飘行在这里　在所有楼顶
你派它们监视我琐碎的动静　我脸上
那些阴谋　也许有莫测的恶念种种
你派它们到细雨之中　我好一阵冷
当又一串这样的眼睛从身边掠过
我想到　也许连鸟的眼睛也不能排除

不让雨落到脸上　实在是烂对策
因为脸还是熟　手也摸不清夜的意图
星星也溜了　背好的暗语找不到人说
这是个大挫折　举义的亢奋一下子失踪
从喧闹的城区来到近郊　没见人跟踪
我立刻意识到　我不能就这样被人跟丢
我就又回了城　那时候已经灯火通明
却仍旧不能准确猜透　这是不是个阴谋

雨会不会变得滂沱　你很难跟人打听
那个跟丢我的家伙给了我勇气和热情
即使夜已深　雨没停　我什么也看不清
但双眼仍会找到　你的呼吸和心跳声
这样深的感情　雨还没停　喂　借个火
我吓了一跳　因为身边根本就没人走过
那么是谁向我借火　我全想不通　算了
等明儿一早　我再跟那些眼睛打听打听！

其八　一个梦见自己自杀的人

我记得一种风的肤色
是纯正的脸容　手在抚摸
当暮色微掩起它模糊的轮廓

不热烈的雨也会惋惜　难过

闯出一条天空的道路
我走在上面　你要接着我
这样我坠落时　会比较稳妥
我不会永生　但也没失去什么

一个寂静的窗口　有鸟飞出
一只接一只　然后成群叫嚷着
原因很莫测　知道也不能说
一条空船在窗下　寻找着尸首

我终究只能大喊两声　或干脆
沉默　错误已完全把我逼疯
我只能抱住你　咱谁也别撒手
就让这已经的错误　继续是错误

这时候　万车蜂拥　人流汹涌
横冲直撞的　是一场愤怒
它是从这条街　和所有街暴动
在我们的脸和车轮上　颂歌汹涌

那些处心积虑要毁了我们的事物
也都来了　兴高采烈着围堵
那些要活埋了我们的日子

也变成了激动人心的群鸟在冲入

于是我忘记了　你的肤色
忘记了你暮色之中风一样的脸容
忘记了雨和天空那条路　当我
擎伞而走　你会不会接住我？！

我忘记了　你纯正的抚摸
忘记了我抱住你时　错误在加重
忘记了我就是那个　在你窗下
寻找尸首的船主　你不要怪我！

你猜对了　为了稳妥　我不愿
大喊两声或干脆沉默　我就想
从你寂静的窗口　成群飞出
再让我那条空船　找我的尸首！

我记得一种　风的肤色
是纯正的脸容　和手的抚摸
错误继续着　错误在飞着
我不会失去　而是永生已久！

（1985 年 4 月中旬至下旬）

他那个致命午时的悲喜一刻

“当夏天迟于你我，总有人会说：
你精心侍弄过的事物都会诬告你，至少
偷窃你，使你渐渐感觉有气无力……”

意识到那个慵懒的沉迷
和暗存侥幸的怯意，虽未言明
但已足够默契，一直在默默推迟着的
摊牌之局正倏然来临，在这个午时；
一整张头皮，和贴身衣裤里的所有毛孔，
都飒然张开，凝滞在了那里！

“这话听起来，怎么说呢……？”
怡然来到窗前的嘴唇，很优雅一抿，
“有点道理，但是也说不定……”
纤细的手指，朝碟子上那只精致的茶杯
如荑伸去，如荑在风中，向花摸去。

是啊，“但是也说不定……”，

就是说，这也很可能就是一场
随遇叙谈的起始而已，就像之前
虚惊中度过的那么多回。而每到这时，
我总是对情势的发展，吃不大准，
对我而言这是个大问题！所以
先应允，先完全应允！

深深吸上一口，你刚刚吐出的
饭后的思绪；趁着我频频点头，
眼含恍惚的笑意，像是品味得十分努力，
正午也偷咽了一口我的茶水，
又吐了，给你！

我知道，我赔出的这种半惶恐的笑意，
在这抱臂安坐的姿势里非常滑稽，但这
都是在战战兢兢模仿着你，取悦着你！
我现在脸上，准又是你一见就烦的老路数，
你管它叫“老把戏”，你说：“你看你看，
又来了不是？像一场总在扮演的活报剧！”
你就连无奈的嘲讽，都总是这么温和而得体。
“嘿嘿，那是那是，也怪我总是这样，
瞒不过你……”我笑笑，觍着谦卑的暖意
和彻彻底底的诚实，因为是你！
即使明明知道，你最讨厌我如此，
我也还是会秉此诚意，小心而尽力！

“没关系，我实在没有办法时，可以请教你！”
“不不！哪里哪里？！根本没有的事！”
到后来，我已完全弄不清，我赔笑补充
上去的，究竟是哪一句，还是没有这些句。

几周以来，我已百感交集，
几年以来，我已在浑浑噩噩的
混世日子里，形容枯槁，
萎靡到了全不会假装哭泣。
只有等你，只是在等你，
并满怀诚恳地对着镜子说：
“这是一个多么没有觉悟的世纪啊！
你看，这迷离多舛的几十年，
它已经多么的不可理喻？！
它已经足以使你我这种衰人
敢无耻至死，卑贱到底！”

“什么话？！你这是又扯哪儿去了你？！
这里全不干旁人的事！”你含笑的嘴角，
将勾出一弯水果刀式的不屑，无奈的
承忍，柔和的厌倦，但是很含蓄，我猜。

“那那那是，那是当然……”同时听见
端到手中的碟子和茶杯之间，传来一连串

很轻微的颤击；侥幸的是因为距离太近，
还不会搅扰你那弯着的笑意，而令人惶恐的
摊牌之局，也还有些微的机会延宕下去！

“你知道我我不过就是，打个比方而已，
比方而已……你其实知道我的，我真正的
意思是……我是说，你别太介意……”
连忙谄媚着支吾着低语，一边捏起碟子上
那只微微颤抖中的茶杯，故作镇定地
举到唇边，慢慢喝下一口其实已经
并不存在的茶水，把它含品少顷，再假装
很合宜地咽了下去，然后默默望着窗外
那又是暮春的好景致（而当时，很可能
真正烦扰我的是：我怎么已经完全不记得，
我是在什么时候，在刚刚哪一个话题里
模仿着你，把这杯我其实只品到了一半的
幽淳的茶水，一滴不剩地喝了个干净？
导致我如此狼狈地装作一品茗老手，还
如此荒唐地举杯做饮，再望向窗外，面戴着
一副并不自然的和煦的惬意——当你刚好正
款款踱回，靠近我坐着的沙发那另侧位置），
而这样的谨慎，实在有点卑鄙，但很可能
会如此，我很有可能，正是如此，我猜。

几周以来，我已百感交集，

几年以来，我已在隐遁的日子里，
放浪到了全不会专一做阅，
专一把玩什么东西，哪怕
仅仅只是，故作沉思。
只有等你，我只是在等你，
并满怀诚恳地对着镜子说：
“这是一个多么没有留恋的世界啊！
你看，这个人人莫测、日复一日的
没良心的进展，它已经多么的没有启示，
没有深意，它已经成了一种什么样的先例？！
如果稍微文一点说的话，那就是：
人只沉溺在他们那恣意无序、暴虐疯追的
近前琐碎里，早不顾那究竟是不是朝着
你的好目的！它已经足以使你我这种人
难面故人，甚至是亲戚！好在你我还葆有
我们千古谦逊的，这点品性！”

“你住嘴！你怎么这么讨厌啊你！啊——？！
你他妈是疯了罢你？！”你居然暴怒之中
一个极大幅度的抛掷式挥臂——

就听到“乓”和“哗啦啦”一连串惊碎！
你那扇精心装置、能一览四季美景的窗玻璃，
就被你扔出的那只如我一样端着的小茶杯，
无可挽回地砸了个粉碎！而与此同时，我在你

痉挛中暴怒的脸上，突然窥见了那令我大汗
淋漓的：含混但已经是绝望了的屈辱的隐忍，
像是被掏空底牌的空前惊惧，绝不愿面对
但无奈的凄惨，那不可说出的末日一样的
绚烂！和如我一样，惨淡掩饰着的，空虚的
狗脸！这比那一直在惴惴不安、默默推迟着的
致命时刻，还要可怕，还要更能将我们在如此
貌似和煦的日子里，溶尸于无形！我猜。

（我顿时，其实是好几秒之后，已满眼泪水，
满心是洞开的风在吹，很柔和在吹！在我顿时
其实也是好几秒之后的满眼满心里，又已经
都是欢喜，都是安慰，都是充满了伤感
和无尽甜蜜的不再委屈！那更是我模仿着你的
所有努力，几乎是彻底被粉碎了的赤裸惨败；
但反过来想，也可以说，它是一次多么重大的
胜利啊！它竟依然在挽回着我们！我猜！）

我已经无法使这场午时的叙谈，在这个时候，
还保持着之前那份恬淡了；当我们都已经像
木雕那样，一动不动，呆望着窗外！我已经
很欢快在呼吸着你那扇破如虚设的玻璃窗
外面吹来的，那股暮春的空气了，它是这么
温润，带着这么浓郁的草香，和真实的花粉味！

"真香啊……"我轻叹，想调一下情绪跟气氛，
我本能地含糊了此时此刻，那让我沉迷的主体！
因为我已起身，走过去，轻柔抚慰着那一躯
苦难之花的脊背，如微风那样沉稳，那样澄明！
她犹豫着，"滚……"但已完全崩溃，她的泪，
已汩汩流涌出来，就像那不断吹进来的暮春。

我已经模仿着你，在真的哽咽和真的哭泣里，
不准备把这份最根本的担心和犹豫，抽象成
某一种概念，某一种主张与质疑；再把它
硬化成一块你无法面对和承接起来的，
巨大而精彩的鹅卵石！再让它把你砸成一个
笑开了花的样子！让你满脸好一派暮春
和悲惨洞开着的艳丽啊，宝贝！

"当夏天迟于你我……"这时候，我想起你
说出这句时，你笑得那么沉净。这究竟是
我在镜子里想象出来的情景，还是在一番
内容错乱的叙谈中，才造成的结局？我应允！

那么在那真实的叙谈中，我究竟说了什么，
我何以如此，她又何以会至此？我应允！

我不知道，我应允了一场也许是谁都无法
挽回的挺空洞的悲剧将继续？或是没人会笑的

喜剧甚至闹剧？但我还是会继续尽力！因为我应允，我已完全应允！也仅能如此……

（1985年11月15日）

寓言与随笔的鲸阵

这一天持续了好几个世纪，
它们竟吃光了所有的人！

——《你缓步走来了，圣典一般》

夕阳之海

我吃掉一海滩的生鱼　它还在挣扎
我一口大吞着攥紧的这半条　盯着海的盛况
我听见我在大嚼它那　脆嫩的肉与骨　伴喷涌的血
从我被鱼骨刺通了的口腔和下巴　我那两颊
和广阔拍击的　浓腥的海浪——

茫茫无尽的血红色波涛　正庞然哭吼着
朝整个海滩　一遍遍汹涌而来　倾力在自杀
那盛大的腥味　一阵阵涌上来　如顶如撞
而我这盛大的悲伤　还没被吃完么——

我看见挣扎的网　已被我脱齿挂血　完全咬伤
那半张帆　多么像一只残废了的海鸥　她倒霉的翅膀
鱼还在挣扎　盼望　当我正血肉模糊地　呕吐着桨
一切都在涌动　在吞没　留下来　或被血水冲刷——

我翻动另一只手上　可以下嘴的地方
我一大口咬下去　死孩子开始歌唱——

我大吃着　我就是他　连他那手　也被我一口咬下
这时候　我那可能是鲸或鲨的腹部　终于爆开了——

沾满黏液的碎鱼　肢体和船帮　喷泄堆出着
堆在我腹前的海滩上　我好受多了　我唱着海浪——

再无其他了　就是这样——！

（1985年3月18日）

徒步者：他深深挣扎的那个下午

你提早关闭的脸　这时候隔开了我
使我的手在门那边　像条被夹住的狗
一大把正要抖落的笑　就只能这么卡着
还有一大串脱口而出的歌呢　关于我们的歌

知道么　所有辉煌的旅行　你那些被指控的片刻
所有洁白的思念和问候　都已被定义为罪过
所有弯曲的风　那么光滑白皙　丰满的风
只要一吹进玻璃　就都会被划破　血是那么爱你的景色

但你还是提前关闭了　没有预兆　也不留任何委托
或者我干脆仰受　这飞絮狂乱的　五月的折磨
秋天以后　到秋天以后　我们再细细谈论和回味
这个下午——

展开我那只被夹住的手罢　那里面没有日记
没有情书　没有任何人的电话号码　没有检举信
也没有机票　也没有紧捏着　任何一种花朵

展开它时　那儿没有任何可以纷纷飘飘的失效的什么

但是它一把就可以推倒你身后站着的　那个影子的监控
当你被推醒　什么也不知道　旅途还是这么漫长而辛苦
这么多啊　空气问着　到广大的墙上挂起你的担忧
像路那样呼吸罢　收拾起我们交出的　咱继续走

或者我索性抱起风　冲向这已经错乱了的　生活的出口
秋天以后　到秋天以后　我们再细细谈论和回味
这个下午——

世界撤走了至诚的宝座　所有的认信　也已被质疑押走
再衰哀的审慎　也总是出错　既往和未来　从此再也
坐不到一桌　咱继续走罢　当世界崩解着　这漫长旅途
如今也只能算是个更脆弱的假设　一切都将　更复蹉跎

但是你为何会生活在这样一个　充满挣扎的时代里呢
你不能说　也不好说　你只在大地上徒步这么走　然后
再过一会儿　我就将重述这段历史　和稍好那些时刻
但它们将一直　一直　保持沉默！

（1985 年 4 月 4 日）

退场

水流到寂寥时　弄湿了月亮
那一直没有因由　空寂着的月亮
它被水这样　湿润了过后
就有了它一直都想着的　那个尽头
它溺于水了　那是死亡
而水在我体内　就这么在浩荡

从前到过的所有村庄
如今已沉睡在水之传说的　最后一章
最后那半句话　长长如水的叹息
已浸到我衰老　荒凉之外
早已　一片汪洋

你是大地上　古老的行者
就见你时而水上　时而水下
夹着本千百年来的　伟大典章
你低声说　它已经页码混乱　年代
不详　但是你把酒吟唱　并拉住我

纵谈了一夏　那整整一个盛夏
周围一望　是粼粼的波光
晃映在已经大醉了的你我身上

然后是广阔的雨季　日日琳琅
你抬头看着那些击落的雨滴
你就说　盛夏是时间最美的牧场
和床　我插嘴道　你凄然一笑
秋来时　你指着水上那些飘落的叶子
多美的花啊　当时我恍若我已死了
我恍若自己已经　住进了天堂

当眼前琳琅　雨中汪洋
年代和页码　都一派闪亮
我看见我一脸荒凉　孤站在
这白雪纷飞的盛夏　我忽然觉得
我正是那圆　被弄湿了的月亮

我已很熟悉你们那些　亢长的道场
它使人无法热烈地　自主领唱
历史也沮丧着脸　插不上什么话
那我双眼瞎了以后　就为你们推命罢

世界是走着的
世界没有办法

当我也在走着
无论朝什么方向！

世界是走着的
世界无法反抗

当我瞎了以后
我浑身放出月光！

我引用一个梦想　是关于现在的
我翻开无限冬眠的　那些日子
请它们到我的春天里　小憩一下
再请它们　如橡树一样苏醒
或站着死亡　就像所有树那样
而你却拂袖而去了　毫无商量

我引用谣曲　而我已枯死了
当溪流　正在把碎冰弄得叮珰作响
那分明是烦心催促着　我的枝桠
我的眼睑　我吹掉的手指　和
衰落的脚掌　就都无抱怨地走了罢
水等着我安排好　这最后的收场
当我和任何谣曲　都再也搭配不上

该走了罢
当村庄醒来时　它会琢磨着
这已经淹了我的水　是怎么回事啊
这大地下面　那融融暖意
都什么时候了　也该汇合了罢
那你就快一点　悄悄地　将它摧毁罢
包括我那些根茎　我伸张着的萌芽

当漫长的热痛　是不曾被拥抱过的
雪山　是冻结的波涛　它竟那么锋利
那么光滑　如冰峰已切开　并漂进
我身体了　而且已高耸在了我的体腔
它是在要求我　要与它完整交融
并大声歌唱　这样的热痛么

那去春埋下的那些女婴
一个个　都抬起头来了么
我问道　我感到我和她们
已经在水和春天里　相互融化
那她们的头发　正在分蘖么
她们的肢体　正在返青么

而我那破烂的谣曲
此时也跟着在咿咿呀呀
它还以为　这是在夜里呢

而河床上　已经有无数星星
到处游逛着了　我知道
我该从水中起身　我该搬走了
该留下一片干净的草地　给她

这就是　这世界哭求着我的
那道命令了么——!

我知道！我回答
我马上就走
我一定留下!

因为我——
除此之外，
再无其他!

当那古老行者
月亮一样在走着
他走在此刻
他走在水上

他现在　你看啊
他正在水上啊——!

当我确实是另外一轮
被弄湿的月亮!

（1985 年 5 月 1 日）

一个崩溃者的两则手记

到处狂奔的歇斯底里

直奔码头的街车挤满了悲伤　脸挨着脸
所有闪过的灯光全要命大笑着　飞舞的砍刀
斑马道站起来阻挡　那些俯冲呼啸的火箭炮
推下去　没脸见人的横遭焚烧　我在后窗已把嘴笑掉
要沉住气　把跳到喉头的夏天勒紧　到剩最后一口气
左右扑来的冬春　哭喊着要搭乘　根本没那么便宜！

滚开罢飞机场　我要砸烂漂泊着几十年谎言的停机坪
还有鞠躬尽瘁的路灯　百货大厦的笑容
快要撑死的露天仓库　报废后大叫着的炼钢城
为什么一切场所都这样恶贯满盈　我的热泪开始蒸腾
双手攥紧的车轮　还要碾过多少人渴望的好时辰
如今繁星当空　万里牢狱　时间啊　竟这样哀哭声声！

我坚信我此时　正白站在空气里活命——！

妄想迫害的歇斯底里

我躲在即将失去的壁橱里暴咳着喘气
到处都喷扑都飞溅着同种粉状的烟尘
时代之民正冒着天顶坍塌的砖瓦之雨
拆换着所有经年不朽的柱石甚至地基

我怀疑祖先很可能会从坟里集体站起
他们走到哪里抗议就重重跟挤到哪里
当我惊恐躲闪着那些纷纷呐喊的瓦砾
我突然惊呆在一场万众欢呼的大雨里

我就见——

无畏无惧的雨中臣民他们竟从不曾死
他们在雨中集体站起身并怒斥着我们

但雨太大了砸着我晕我什么也听不清
但我是这时代和历史的大敌已成定局!

（1985年5月2日至4日）

他措手不及就进入了一段混乱的历史

一场骤然的寒流就可以劫走你　像一张破报纸
所以说　措手不及　这就是我和你们的不世之病
他坚决这么认定　你看它把这些燃着的节日圣火
这些朝伟大时代笑着念的悼词　为沸腾的青春
之所以沸腾这好日子　为祝福未来而燃一炷香的
素手的主人　连同这六十六年混乱酝酿的满心虔敬
竟一齐扑灭　一齐刮走　一齐拘捕和斩首或绞死了
京城乃至各省发出通电后　这消息　就震惊着国民
震惊着乡党和辫子们　以及各国公使这些大人物们

他们在那些燃烧的书局里　等着你去辩论或找死
当报馆被毁　一些人正疯狂打探着我们　和其他
人民的重大消息　再传递出去　宣示国本和国体的
警车　将拉着你去一一指认并就地砍了那些想当街
自焚的人　就算他没什么主义　也没想干什么事

无可挽回的村庄　已经破败在年轻党人和议员们
痛苦折落的眼镜里　火把在士绅们眼中　太过激进

与立宪派和各党同仁　在隔壁那场振奋人心的争吵
已被枪毙　理由是国民竟还在拒绝天天刷牙的命令
所有被指控的　一律是刚休了原配就又婚了的人士
民怨鼎沸　声讨着所有未经交配过的　鸽子处女
当各业公会跳完舞看完电影　开始轮番搞裸体游行
那些有党更有枪炮的时代强人　正含笑卷起袖子

被捕时　我已阅尽了百年来这种押送中的风景
非凡的手　将趁着余兴　硬是捏造出我的万分崇敬
但这是谁啊　在这时节　黑着脸跃入了我的视野
他只一脚　就踢出了你们几代人的心肝和眼泪
还狂笑着咬碎了　挡我们于这么多年血色沉冬的
凶恶的大门　这是谁啊　会铲起我们嘴中吐落的
思想以及语言垃圾　再精心送回我们刚吐出舌头的
每一张嘴里　当今日我们说出的　已不是什么主义

措手不及　就向这沉闷的当代大厅　沉默着走去
所有待死者身上　都有一道道漆黑的晒印　像封印
同时都信任地指一指嘴　我们都来自同一片海水
当东方惨白　我们就要创造我们的喜讯或者死讯!

（1985年5月4日）

他梦见自己走进了一个帝国

我似乎走进了一个我不认识的帝国
我惊颤着走过阴沉的驿站　周围
全是战车　我不是郡守　但昏沉沉
穿越在一座空荡荡的城　我晕了
也走不脱　就见我拖拽起沉重的
宫闱和旧衣服　那上面摇晃着
无限沮丧的枷锁　我说不清它们
何时已经失落　我得费大劲
去到处寻访那些失落者　我也
说不清　我还有没有指望了
我丢了这些指望　看来糟透了

从你那灾难将至但依旧伟岸的背后
我多么渴求你暴雨式的大笑
你双手的狂风　你话语的扫射
你大地一样吞没了我　淹死了我
多么悠久　多么壮阔
你就继续陶醉于暴虐罢

你这被无数人　热爱着的帝国

叹　天不灭我国　人不识大谬
怎会有这么多蠢货　要来取朕的头
你把剑丢下后　跪到　前边来罢
朕　赦你初犯　不毁你宗庙也成
你看看背后　就知道　没机会的
你伟岸但无奈地　这么笑了笑说

我大汗如沐　张口结舌在抖
你就大笑　然后万众也突然之间
大笑在我身后　有老幼妇孺在笑倒
它竟一下子笑崩了　这帝国景色
我在这笑声中　惊散了头发
旧衣服也炸成了　亿万只疯狗
它们都热爱着　抛弃它们的日子

我显然走进了
我不认识的帝国——

（1985 年 5 月 4 日）

从世界那个愉快的转身之后

在你残忍转身的那个时候

不成啊——!
没问题的，我可以被赶走
这没问题的，我不是指这个
但是我不能不带上这点行李再走啊
我背得动，你放心，我绝对背得动!

那里装满了被你撕碎的所有日子
一张张今天的垃圾坑!

那里填满了我山洪般的分泌物，呕吐过后
我总是在深秋无底的落叶中爬行
我爬行着，姿势多么从容!

无数号啕着的婴儿们啊，先别急着
漫天疯跑啊，等等我，你们先等等我
放逐的日子开始以后，我得是一张

撒向你们妈妈的大网啊我！我知道你们要
摸捧着吸吮的那些肥乳忽然没了，她们都已被
这个世界的好理由无情掳走，完美切除
而一旦我是了，我是了那张网，对不起啊
我就将什么也再做不了，再也干不成，我估计
我已经撒它不动！但至少比你们现在这样
光漫天疯跑着大哭，要更有前途！我看见
你在冷笑，我爬于哭喊中，而你曾经是我
多么渴望要摸捧着吸吮的春风啊！我摸着网说

等等我，你们再等等我成不成？放逐终结了我
从前的道路，我一定得是个捕猎能手，我得是
土狼，是条野狗，我得见肉就疯，我得天生
就是个要跑死掠食的命！我一定得生咬活吞下
你那头试探我牙齿的，扔给我的鹰，我绝不能
吐出哪怕一根骨头！我得保证！
一定的，我平静道，一定！

当世界没想到我会真这么干那刻，她转过身了
我掏出匕首，并望着那片无意义的虚空——！

（1985年7月28日）

阔别十年的证据

只有苍老的背影可以注解你，没有眼泪，没有叹息；你看不到
盈漾的泪水从眼眶下沿在涌溢，它缓慢下滑，然后突然下坠，
再一下子掉进岁月的深井里，它跌落清晰，回荡也清晰！

（如同这个背影的前史，那鲜艳的人，他们在晚霞走了以后，
随手将一轮明月，扔进夜色里，让星星也遇见了自己的倒影）

阔别了你，我这双老眼，已经什么都，什么都，再也挖不干净；
这伸在半空中多年的询问，老天啊，我只想说：你是我的极刑！

一道裂缝，已经张开在你的脸上，再不愿关闭；冬天，我吃雪；
夏天，我的大脑里就爬满了蚯蚓，它们想爬出我的眼眶看看你！

（一树梨花，就这样在那片明月孤悬的空寂水面上，飘飘坠坠，
最后枯如蓑衣，挂在那里；那是没有任何船只漂来的漫长夏季；
秋天，那里也一直拒绝属于漂泊的事物光临，哪怕仅仅只是
停在远处，望着它，做做梦而已，而我正默默穿着那件蓑衣）

喂，你看啊！我说，我这嘴唇，正是你撕吻过后，留下的疤痕！
今夜你好不好再对我狂轰滥炸一番，一千番、一万番，也行？！

但不能了，我已经不能在你那澄澈当中留下证据，我指纹已失！
我只有这脸上鞋底式的皱纹，它多么像岁月的勋章，光彩嶙峋！

（这时候，搜证和加判的程序还在继续，岁月将继续忙个不停；
而失去的梨花，也终于在梦里，遇见了从前那些扔出月亮的人）

我也终于在背过身后，找到了这十年来我一直拒绝背叛你的原因；
我比我背叛你时更加爱你，就像是一条永远都不记打的东西！

（但是他跟自己，又嘀咕了一句：这就是我和你，和这个世界
永不能踢开那个重大分歧和命运的，多么不幸的证据……）

他感觉到自己，正在多么荒诞和悲惨地讪笑着自己，在这个
他阔别十年后无结论的夜里，在这月悬寂静的深夜里——！

（1985年11月2日）

今天的废话

你塑造了因果　以及我无耻哀苦的种种错误
那习性　已使我无颜站在不是历算的岁月当中

只看见国人都在大哭　仰贫血的头　在那漫长
血偿的变局徒刑中　还要生割每人一大块肉
只有向苍天点燃自己头发和血书这绝命一途
还能逼着偏旁部首呐喊着飞舞　如碎骨冲出我
行将病殁的烂皮囊去血斗　当大地上横行的
都是猛虎　天空中　布满的　都是石头

于是　暴动　全暴动　义无反顾　决定冲出我
皮囊之前　你想象自己正被刀刀活割　你就
尖细地笑出了声　你笑得这么惨烈　这么惊悚
这么痉挛乃至僵硬　是悠久和狰狞的满腔悲苦

可怕的永远是大难临头　选择总太仓促　甚至
惨到了无　为舒缓生割下你那块肉时的剧痛
血已被他们放到了不容再等　你就破我而出了

把大宗师　迎头砍倒在他家门口　再抄斩
他几乎满门法统　你哀忿满容　如拖刀巡游于
一个末日帝国　在那狼烟四起的沉醉的午后

在那午后　谁还敢再夺下你那口杀兴正酣的
滴着血的怒与苦　当你已沉溺在掘墓鞭尸的
古老圣虐中　你那血国之美　腥气浓重
你脸上的血污　不再无辜　而我看见一国人
都还在哭　还那么凄苦　我怎么敢将你归为
新一头猛虎　反正我披着的皮囊也已千疮百孔
据听说　你和你的人众已患有深度乱世亢奋症
视一切如寇仇　而你那满口利齿　才刚刚长成

我不幸到过几千座城　我看到你和时间的遗址
我很震惊　它们就像我梦中走进的神经之国
所有神经都搅缠着墓碑疯狂旋舞　那些碑文
也已从墓碑上飞腾而出　字字在浪笑或者嘶吼
而这样被浪声嘶吼中旋舞着的　还有头颅

是呀　头颅　漂泊在这么深远广阔的血海之中
它们没人照顾　已有许久　它们该有机会获得
打捞　被一颗颗放好　它们该有机会将血污
堵塞的耳道鼻孔口腔以及咽喉深处　清理如初
它们该重新被梳好头发　净好面孔　以干干净净
如正常体面的人的头颅　然后　让它们

静一静　再事回顾　再试着重新审慎些思索
再审慎一些思索　就算忧愤深广的思想激情
如熊熊地火　你仍需尽力将它们压抑住　我
当然知道　这有难度　同时　我们还要让颅骨
内部　那些极易活跃的乱世亢奋素及嗜血神经
尽力不再被随遇激活　被时时碰触　我理解
这将更有难度　尤其弑父和骨肉相残的屠戮
之乐　我们已沉湎了这么久　血一热就很容易
按捺不住　加上还老有人撺掇　当乱世年代
法即私刑　当我们的血　反正也已经世代长流
已找不出有什么良药还没被试过　你只能尽力
盼着生活　千万别再有意伸出那只用心险恶的
手　你只能盼着屠戮的快感　可以一点一点
被忘到空　并要日日强忍住那种　戒瘾之苦

就像夜　是太阳决定要自我切除的脚趾头
也可能是我的头　或手　你只能忍住那种痛
这就像　爱的努力　爱禁不住要开辟的河流
它欢乐地开辟着　直到它终于　汤汤长流
直到它干枯　不是为任何蒙昧与蛮横的疯念头
不是为任何亡灵　为任何虚妄的空想与仇
而是为我们真梦寐以求的　那么多好事物

这就像轻松　当现在讲述它们　已不会脸红
当我们悲惨回首　却都没有在哭　这一切

对你来说　就都是种春天了　它可以鲜艳风中
广阔被读　这也就都是良辰美景中　明亮的
晚秋　可以让叶落成为收获　被开朗言说
这时候　问就是一只不再稚嫩和冲动的
手在伸出　它可以举到半空　朝历算正中

回答一个我无权奢望的问题罢　在我弥留那刻
我将在一个怎样世界的签到簿空处签上我的名
你回答我与否　我肯定都走　用我将只能
爬行着的脚和手　当我还尚无把握　用我的头

那么就让这普通的日子　如常度过罢　让它被
撕落　让你我就走过　说过　哭过　唱过　骗
和被骗过　也懂得过　让一个比今天更宽广的
灵魂　就这么活　当这是生的不幸　世的不妥
而我们从出生开始又都这么残酷　绝不饶恕！

（1986年5月4日）

他有关人的状况的四点论断

第一点

今天我突然掉进了这个世界，
今天他傻笑着吐出我的理解：
一旦灵魂之猎因死亡而终止，
这个世界就将——无事可干！

第二点

我没道理流落在这里吃着我食指讨饭，
你跪在另一个地方，吞着别人的奶水；
不时有猛烈的耳光掮着我们：你要认！
重逢时都已面目全非，相望以为路人！

第三点

总有一个深不可测的起因，被秘而不宣，
而且从一开始就被赦免，不可能被审判；
你朝着被告席上一看，坐的全都是我们，
它却在你看不见的某个位置，笑意盎然！

第四点

岁月艰深，命运也这么艰深，你想求解，你站在图书馆那扇
铁定的窗前望外，但窗外并没有曲径幽深的花园，窗外是墙，
和每年秋天都飘着的落叶；你来此读史，读所有注释，读
所有以文字记录的案卷，不同的版本、纸张、字体乃至盲文。

你想把自己被铁定的罪责及其描述彻底推翻，哪怕只试一试！
你朝它走去，那是个秋天，你最后紧紧抱住你那纯净的恋人；
她挣扎于苦海，已为你衰萎如柴，在那场秋天最后的告别里，
她那命溺于泪的脆弱样子，让你哀达冰点，成了罪更大的人！

十年来，你天天在此，累了就望望窗外，但线索还是一日日
茫远；你悲愤日减、华发有添，而皱纹也紧追着你额上那道
撤退中的发线；好在那些扑朔迷离、相互矛盾而又引源烦乱
的，有关你历史罪责的各种记载正日渐惊心，日现出端倪来。

那些难以名状的阴暗和奇诡，直令你原想翻案的巨大冲动，常陷迷惘，深感挫败；它们还常会让你叹为观止，甚至拍案叫绝；又常常迫使你满怀感动，缓慢合抚上那些书页浮想联翩；你已日渐沉迷于自己，竟干下过如此不彰的密案。

你开始逐渐去串联起那些，你闻所未闻的各种佐证与细节；你日渐意识到，你那原本是完全无辜的自我认信，已经在这些白纸黑字日积月累的自我探察中，堕向崩解；它们都无可辩驳、无缘推翻，而且什么都无不具体，证力如铁！

你不得不叹服于自己当初作恶时那种神采，它感动着你本人；当你这彻底崩溃和臣服的道路，一日日延伸，小憩时，你总会带一丝忧倦地合上案卷，站起身来，然后缓步走向那间空荡荡的休息室，为自己沏上杯茶，再佯装悠闲地望着窗外。

一个春天，当你依然这么默默端起杯饮茶时，我刚好发现，在你凝望窗外，又正好站在那第十扇窗前，就在那个瞬间，窗外，居然还在飘着秋天的落叶，还停留在你决定推翻你我历史的那一天！当你一来到此，一打开它们，打开它每一页！

就是说，从一开始，你就是被飘着落叶的秋天算计了的人！从你一来到这儿，这里的所有史料、所有注释、所有的案卷和所有版本，就都是为你备好了的舌头，等着舔你的脑叶！从一开始，这里就精心典藏着你我的一切，哪怕你没有来看！

而且不光我们，从一开始，这里就备好了所有哪怕不是为翻案而来的阅览者档案，以及那让人要疯了的、来自于我们亲朋好友痛心疾首的证言；就算那些说辞也太过荒诞，但举证它们的，正是我们的挚友、邻居、亲人、初恋……！

他依然站在窗前，凝望着已飘落了十年的，那些秋天的笑靥！

我端起另一本书，在另一个地点：我该从哪页读起，会妥帖？！

我扑哧就笑了，心想它是备好了的，它随你，你是它的主人！

但一个诡谲的笑脸朝我一瞥：很不幸！错了！它才是你主人！

（1986年8月15日）

四季 _ 节选

找不到自己季节的人，

夜夜无眠，一季季无眠；

但是与四季无约的丢了魂的人，

都至少还是，无眠的主人！

——本篇手记

第二篇　夏月之雨（Ⅱ）淅淅沥沥的人

雨在浇出这么多问题　它浇着你　和全城玻璃

它淹进你　浸泡着你　而无论你漂浮的视线　离窗

远还是不太远　它都使你远望着的脸　成了倒影

窗落下时　也不能阻止水　你就只能在倒影之中安睡

安睡是你不可动摇的前提　尤其是在这下雨时分

细碎的水声在频频反问　等着湿润　也在等寂静时

我会去站　我站着摊出光洁的暗示　和我那挤扁了的

食指表面　那里还残留着你的滑腻　你那湿润

它滑腻如雪　湿润像这场雨　它不知道自己
为什么这么滑腻　这么湿润　它是你的疑虑本身
而为什么没有伞张开　带我到轻松的欢笑中玩玩
伞游逛累了　它无港可以靠岸　于是我一抬眼　看见

你就是伞拒绝收闭的所有原因　是大雨决定滂沱之本
我在水中　而你顿时就浸透在了　完全失语的生活里

然后　终于寂静　玻璃在挽留你的身影　只一瞬
你就很艰难捡回了我　像捡回水中的一页日记

我回来得太晚　而这雨　这城市　依旧在交谈着你
我于是收到了　你的一切　并放进　窗后那个空白里

我毫无信心　把你慢慢铺展　在你慢慢张开时——

第四篇　冬月之雪（Ⅲ）暴风雪里的人

轰响的视野卷入一个世纪
(到处奔跑着惶恐与幻灭　惊叫的头发与焦虑)
无休止的颠覆　争论　谩骂粉碎着发问　发问继续
(弥天吵闹着血洗　它们形形色色　全都葬送葬送

要葬送自己　和这个看上去挺美好的一世纪
最后像来自四面八方的交响诗　都细密而晶莹）
我看见白色的音符欢快飞舞　就像苍白的精神病脸
有一双无主之手　正优雅吹奏着一支如剑长笛
它们竟吹奏着它了　喧嚣陡然寂静

为什么啊　你由亮白的嬉笑　走进乳白色里啜泣
你目光痛苦地划过世人　走进无言的抽搐与喘息
你又把手指尖上那一声残音　咬在你嘴角的头发里
在你背过脸那一瞬　使我梳理　却再也不能梳理！

为什么啊　你领着一张陌生人的脸
走进夏天　又在躲雨时　浪费了整整一个冬季
我来到秋叶飘零的长廊里　跌跌撞撞着找到你
我没命地自言自语跟你说　我得了一场大病！

为什么啊　当我很仔细摘下了你欢笑时的皱纹
擦去你目光中那道悠长的阴影　我推不醒你
而你却恼怒地睁开　你晚冬的眼睛　又平静地
一口把我　像刚刚攀折的花一般　就咽了下去！

我决不能患雪盲症的　你不能么　绝对　我说
当世界纷纷飘泻　我仰面呼吸　你居然毫不吃惊
我疯喊着要抓住你　我失踪了　而你也不在这里
我只是一支雪亮的长笛　当世界沉寂　我才会响起

当手指正在朝如剑的长笛下方　一节节落去——！

（1986 年 9 月至 11 月）

你所有的手

像四面八方伸过来的手
抚摸着我的每一根神经

这是你所有的手在吹拂
让那些　残断　曲折　坏死　还活着的
我这碎片　纷纷飞扬在不知所措的欢笑中
那些过去和此刻的痛苦　全都活了
我早已经死在了　你的手中
飘着的　是我梦想它可以为你永生的
丝缕状脸容

你的手中　你的手中

当疯狂的日子　沉寂的时候
你伸出雪白纤细的手指　伸进碎落
你一一捡起和拼凑着那些
符合或不符合你的幻想
但还算不错的　零碎的我

埋进你变化无穷的　笑容之中
埋得深　埋得使我再无法捏合
而我曾忘了　该多么
绝望地开心过

被你摸着的　丝网般的尸首
风在吹拂　它默默　飘动
它温暖了　飘得这么柔
我听见我开始　无声　不哭
那既不是悲伤　也不是快乐
我谢谢　谢谢了　至少有手
在抚摸着　它们带给了我
这丝缕状的幸福

我想死　我真想永远死了啊
我心爱的手

我想把这喜讯
赶紧告诉我所有亲人
我那世代宗族！

（1987年2月10日）

我看见你哭得像婴儿身体被切开的地方

我看见你哭得像婴儿身体被切开的地方
不　我看见你哭得像婴儿被切开时的大笑

你这么哭笑　淋漓赤裸　让我舌头
都震惊到没了　不啊　你这鲜血淋漓的情状
比真的谎言　更令人胆丧

哦　你这空前的骗局　把你都骗倒
你都大醉了　可怜的人啊　你双手捧着的
已经是这个种群　一颗颗活跳着的心脏
你还要向全世界　乞讨什么啊
我们已经　无可知详

我们全敞着那个　被你徒手挖出了
活心的地方　全空亮着膛
我们站在这里　等着你回家

我们全在等你　等你把可以讨回的东西

再放回我们那个空膛　这样
道理就有了　逻辑就顺了
你和我们之间　就都可以安顿了
让该平复的　平复
该安详的　安详

我们不相信你会扔下我们
让我们就这么望漫天大雪
在仲夏里　飘啊　它这么飘
让当代把我们　活生生下葬

我们都已经承认了　我们
走出的深谷　都是我们自己
一代代主动挖出来的　我们
不是都已经　连这都认了么
所以我们　在等着你回家

我看见你笑着回来了
你两手空空　泪流着还在傻笑
连我们并不存在的子孙
也会震惊　惊到大叫

那你快告诉我们
快告诉我们啊
发生什么事了

我们怎么了
所以我们是谁
又不是谁了啊
你别笑了
你别再笑了好不好
那我们那些　还活着的
心脏　给变卖到哪儿去了啊
人家收么　都什么价
总还能换回点儿什么罢
他们要是手紧　先赊着也好
但总还能换得点儿什么罢
对么　对罢
你别再这么笑啊
你干吗这么又笑又哭啊
好不好
快告诉我们啊

但是你继续在笑　继续在笑
两道鲜红的泪　正淌出眼角
完全是惨白的粉面被割开了两道
就像是婴儿身体被切开的地方
就像是婴儿被切开时那鲜艳的大笑
你就这么鲜血淋漓地　笑着
让舌头没了　让震惊胆丧

我看到我们那片　将永远无救的
绚丽的朝霞　它升起了
把我们　悲惨照亮

她唱着世上可怜的人啊
唱着乞讨者和骗子手
唱梦想家　唱着我和所有死去的鸟
以及我们那个
亲爱的妈妈!

并始终都是　这样笑着的——!

（1987年2月28日）

你缓步走来了，圣典一般

于是你挤过腐烂的春天
缓步走来——

一

你缓步走来了，圣典一般
满脸津溢着幸福的口水
漂浮的活尸仰望着空天
没有鸟，他们不觉得冤
辉煌的年代早已经腐烂

你拎起比朝霞更脏破的裙裾
踮起的脚掌比嘴唇更鲜润
你脚尖踢出古老的咒语
亲切踩踏着遍地喘息的心
又挥舞你撕掉过耳朵的手
回答想象中奔你来的万民

我们的泪里，漂着我们双眼
我沸腾的毛孔，分泌着热爱
大地，在一声圆号里发出深喘
你抿嘴一笑，醉意柔缓
你每一次呼吸，都让这岁月
有了起伏，也有了节拍

二

说罢，你这好生活的脏嘴
我多么欣赏你舌苔上的落日
要不就连同嗡嗡飞的苍蝇
连同陈词滥调的那些个日子
连同哽在舌根待喷涌的爱与悔
一起咬断罢，再大口吐出来

我现在反刍着我吞下的垃圾
我呕出粗浊的傻笑，谩骂与悲
我看见祖辈们从我肌肤下外渗
你眼中飘来的伤感，使我完蛋
你使我边想祭祖，边流着大汗

咳出滚烫纷扬的时代灰烬罢

咳出病变了的那些思想碎片
咳出混乱的史册与满厦大典
咳出我惨白的脸与一切昏沉
咳罢！就是说咳出所有岁月
咳出我空心的所有发根

三

门倒着
房子塌了
桥和大路，都已坍毁
我捂住挤进双眼的世界
我已经抠不出我真正的双眼！

荒凉的时空把我拦腰斩断
蛮横的鸟听到谣传，蜂拥而来
都抢着吃我的鲜肉，我的碎骨头根
这一天持续了好几个世纪
它们竟吃光了所有人！

它们吃完后就模仿我们的样子
替我们继续谩骂和生着孩子
以便反抗那亘古的铁律
于是你收养下了这一大群女人！

你喂养她们像群多余的母亲
于是你哈哈大笑，捧起我的脸
你唾了口咒语，唾上一大口伤痕
它这么鲜润，这么优美，就像是嘴！

收下罢！这是我们世代人的礼品！
历史把自己，卖给了我们母亲！
收下罢！充当丈夫的这群子孙们！
我们要挤进你的海，装成你的鱼群！
这守恒的生死，守恒的破仪式！
我们已太爱这世纪了，这种烂身份！

（1987年2月28日）

像个寡妇

时间惊恐地望着它的手掌
它惨白的脸上　痛楚是茫然的
就像杀手　刚斩了自己亲娘
它现在悔也无涯　哭也无涯
咧开的只能是一大口血的哀号
血的沮丧　我这时没想到自己
竟有些同情它了　就只呆望着它
它们原本　是有把握完好的
在此之前　它们曾成功扼住了我
勃勃暴冲的鲁莽　欲僭越的昏狂
还可以任意删改　甚至直接撕去
我动荡的思绪　我那些乱想象
再把我活脱脱拽进这个世纪
让我持续惊惶　让我像大傻子
一样　流着口水　在那儿张望

现实的幻影　拍拍我肩膀
说来来来　来嘛　你先坐下

当时我昏乎乎　就被按坐下了
他就用很深远的目光　审阅我
惶恐中的迷惘　然后一笑
说　至少像你这样的　就都是
毫无出路的知道么　接着他
铺开棋局　来　咱从头下　来啊
并先就拿走了我的将　令这场
对局　就像是刽子手的玩笑

来嘛　你怕什么　大胆下么
接着就絮叨着他的苦恼
句句是不可解的偈语和警告
比如你是个装满铀 235 的家伙
他笑笑　但没司母戊鼎那么好
他指指我　你什么也不能装
也不禁装　做摆设罢　不稳当
不光太软乎　自己还瞎乱跑
杀了罢　又很无聊　现在想想
还是古人厉害呀　他感叹道
造什么东西　都得先结实才好
什么也不用防　所以还是要
未雨绸缪　多想一步的好啊
然后就连续拿走了我的车马炮
连同之前那枚他已经拿走的将
朝岁月里一抛　我没听到任何

玎玎珰珰　或是劈里啪啦的
回响　他粲然一笑

但我一向喜欢　和你们打交道
因为你们实在是　怎么说呢
就是相当可笑　他又从棋盘上
一一拿走了我的　卒　士　相
可你们还总这么跃跃欲试的
对罢　仍是那么一抛　所以
想跟我玩儿啊　先叫声爹罢
还得特响　然后你得再自己
连抽俩大嘴巴　说我错了
完了呢　你们就拉倒罢
说着他站起身来　就这么走了

我是很开心被折磨的大傻瓜么
我不知道　但显然我已经默默
溃败于自己了　而绝不是它
我当时久久无话　它走了以后
我恍惚自己是一个　到处
找抽的惯犯或是癞子　终于
落了网　这就对了　胜利者么
就是要这么风风光光　关键是
你该把施虐的喜悦再克制些
为好　别这么张狂　你应该

再含蓄一些　更得体一些才妙
这样稳当　这样无论你再怎么
纯粹为过瘾而羞辱我　驱使我
剥夺了我　并监护照管着我
奴的日子　也就都可以
基本安心了　至于下棋
就算了罢　日子还长　我就想
它恐怕也知道自己棋很臭罢
但这也不好讲　暴君也极可能
是个好木匠　琴书俱棒
甚至满腹诗章　棋也极诡道
我回忆着它那很诡诈的笑
以及它那些　阴森的警告

但一个传说中的嘴脸　放大了
它的残暴　为确认我已经安顿
下来了　并不是某种假象
它就派遣一很美的女人来了
当事物也因她　确实显得美好
那就什么　和一切　都随便了
我就日日忍受着尖锐的快乐
在甜蜜的压抑里　逐渐蜕化
长眠中　我听到我叫喊了一阵
然后就沉溺了　波涛在轰响
一年后再一听　就都成了猫叫

就什么都寂静了　觉也正长

还需要重新创造一个时代
一座监狱或者是学校　一间
满墙沥水的阴暗囚舍　一面让
任何脸都破碎的大镜子　一套
定期或频繁突袭的羞辱伎俩
一具更温润丰饶的女裸横床
一钩钩凛然夺目的刑具和凳子
或一本书　有关万劫不复的
罪恶与仁慈的　或与苦难羔羊的
或一位面目更温善的审讯者么
我不知道　他总是先轻捋一下
死蛇一样的大领带　和那光亮
秃顶上的三四缕稀发　再猛一
堆笑　口吃中问我话　或那位
满口烂牙的训导者　他喜欢
推心置腹　拉着或拍着我的手
向我细细吐出他生活的心得
及浓重的口臭　并天天都是
迈着正步来　迈着正步走
或那些我完全不认识的探视者
一拨接着一拨　一见到我
就都是喜极而泣着拥抱我
鼓励着我　临走时留下一堆

悲天悯人的忏悔书和肉罐头
还需要继续让他们这样
日日给我安慰　月月给我祝福
再给我重新成人的频密感化么
我不知道　我已深深惭愧于
他们不懈的辛苦　同时觉得
我已经是猫了　添了嗜睡的苦
凭心讲　他们已全无必要
再这么反复测试和不断确诊着
我天生的脆弱　我那孤对幽闭
或孤在广场时的惧怕了
因为病入膏肓的任何一种猫
都不会再做什么无谓的抵抗了
这也是很好理解的　因为猫
同样也不喜欢　主动死亡
而是要像一个低眉顺眼的
寡妇那样　只求着可以
很平静活着

(但只要一见你从某个
巡游之所　酒足饭饱　还
叼一根细长的牙签　哼着什么
你徜徉而来　或仅仅是路过
满脸还是诡诈　和得意的那笑
我就将谦卑地跑出　邀你坐坐

望望晚霞　或聊聊当时那道
彩虹的美好　这场春雨的美好
而这将多么有利于　今年的
庄稼啊　特别是南方　之类的
我还将谦卑地邀你干一杯罢
又有日子没见您老人家了
最近都还好罢　我将笑问道
也是哈　哎呀最近事儿太多
都快把你小子给忘了　你
笑着拍拍我脸　并敞开腿落座
怎么说呢　倒都还平顺罢
你一脸陶然地望着我说道
听说你最近表现不错　这就
对了嘛　那是那是　还不是
您老教育得好　我为你添着酒
活脱脱是一归顺了的龟孙子
但是只要　我只要一见你
伸出了手　朝着我已经倒满
酒的那只杯子　就这一刹那
我就会一把将它狠狠攥住
并抄起利斧　一瞬间就
剁了它到腕部　会极快速
接着我会在你还惊呆着那一刻
你那另一只比划在空中的手
也将会被我只一个横削

就让它在空气中　张爪飞舞
而我那棋盘上的任何棋子
你就将再无手可以拿走
往岁月里一抛　毫无回响了
就如同　有一个低眉顺眼的
谦和的寡妇　正一脸欢喜中
端上盘子　问着说
你们看啊　我这道菜
刀功好不好　它齐
还是不太齐啊？！
这使我一脸惊愕　你一脸惊愕
而我将一直等候着这个日子
我将会一直等　绝不怕老！）

当你惊恐地望着你的手掌
当你一脸惨白　弯下腰将它们
一一拨拢　再重新放回
你那空着的腕部以上
但它们又掉了

当那低眉顺目的寡妇
正面朝你我
她笑得那么谦和
那么不懂世故的纯柔
我听到的是一大口
血的哀号——！

（1987年3月11日）

四月尽头的人

一

他是被挂起的漫长哭喊
风和陨石正穷追他这靶心
像一块玻璃在惊恐躲闪
灿烂的爆碎将陡然冻结

星罗棋布的眼中映着碎片
他举起的手停在叹息对面
最后一笑卡在半收的嘴角
秒针就突然在等候着时间

二

做一个被春天抛弃的人
他的荣耀是失去脚和发根
他体内的所有猫都在哭春

他的日子里到处泊着破船

下雨时他举着想象中的伞
他站在一座想象的大殿之外
其实他就是这雨和伞本身
他不知四季都已经与他无关

三

白日阴郁地收起它的脸
明亮的街骤缩进夜的背面
我们捧起歌本歌唱所有陨石
每支歌只唱一句然后就休止

你忽然收去笑并切断了旋律
我紧张的发丝一根拖着一根
风摸出一张空白的日历
让失去的岁月醒过来吓人

四

我的喊声缩入你关闭的脸
所有笑都跟着缩进你的嘴唇

剩下的表情已经没地方安顿
我转身就撞见一个我的老年

人看见自己的青春会很容易死
它望我那一笑竟是这么单纯
他眼里流露出恐惧和清澈的爱
并听到它大声哭喊回荡在春天!

（1987年4月终日）

不久，像脑袋里扔进了石头

不久　像脑袋里扔进了石头　你就
站住　派一队醒来的梦把它抬走
原以为会比刽子手们干得更快　更利索
但是它重得像不容典当的钟　于是我
一头就栽倒在灿烂夕照　那闷热的内部
空白的地方　正大声歌唱着石头

石头啊　古老野蛮的石头
你扔错了地方　却找对了脸孔

不久　你想拉起我那只失散的手和手
推开多少幢流年失禁的牢笼　却只有风
你想找到只能想象的房屋　荒凉的故土
而塑造着你我的严厉生活　已经搬空
当同样的石头蛮横对峙着　全一声不吭

它们在来自的山谷　已没了去处
它们在另一些脑袋里　统治着脸孔

不久　你捧出硕果仅存的往事默默吃着
你想强迫一旁下跪的来年　亲眼目睹
当夕阳初红　正血色坚决中书写着此刻
并预言着未来许多　好青春的事物
夕阳多么美好啊　带我们朝着夜梳头
而夕阳正抛弃着　这块石头

它将永无归所　正如你我
它将围困并严惩我们　在我们内部

（1987 年 5 月 1 日）

梦想

受苦的人需要太阳这是真话，指望它真能照亮人间盛传的那些梦想；
于是梦想，于是得到：那涨落着的一瞬间惊喜，和如常的绝望——

我们一遍遍向来日宣讲，多少世代了，结果是在各世代都没有反响；
我们与他或她的表情，其实完全一样，一派淡定，认信而荒唐——

我选择挽起你那道衰黯的目光，你无价值的彼岸已再次沉没于浩荡；
我在你双脚迈向的前方照例奔忙，继续铺设我受命铺设的悲伤——

你的先辈们继续眼睁睁望着我俩，确实在很稳妥安排着礼葬，互相；
我们目光卑怯，相视一笑，都领悟着我们能体谅到的——丧尽天良！

多好的秀发啊，连风也爱吹拂她那初次踩亮着地平线的娇嫩的脚掌；
她想擦去所有幽深的道路，但忘了，脚印将暴露她失踪的去向——

她的脚掌，就在她一下下踩亮的大地上，开放出一朵朵雪白的鲜花；
但那是一切春夏都必定要排遣的，它们将奔向死期的光荣退场——

我还是挽你那丝有可能浮现在未来的微笑罢，它浮现与否已不重要；
重要的是我不去挽它谁会去挽它？当她脚掌如花，当我们在望——

哪怕仅仅是因为我们目光衰黯，彼岸是汪洋，我们同病，我们同乡；
哪怕你就像各世代里，都会从坟中站起、满身泥泞的——无腿国王！

你笑得比奋力驮起石碑的神龟更坚定，更愤怒，更迷惘，也更绝望；
而你眼眉弯曲的缝隙之间，诉出的永远是甲骨文的断肢，残爪——！

（1987年8月18日）

他所谓精神协理院及痴人的流言

我发作时看见残了的鲁爷率老Q来了　人民集体下跪[1]
他们旱季里悲愤不屈的目光　怒向我苟且站着的灵魂
旧世界纷纷走向我们　翻跟头　打滚　兴高采烈
饥饿的族人们啊　你们这一群失去了自我感的神圣流民
为什么还在庄严乞讨　让你们集体自杀的命令？！

我看见设计的结局里　大家正一起开涮这场闹剧
辛苦的帝王啊　为奴才和妖人　以及粉面奉迎的戏子们
沏茶倒水　当他们衣衫不整　连头发都会高唱史诗
我们心神混乱　口齿不清　我就问历史是咱哪门子亲戚
他为什么敲门卖水　还叫我别急　说你们有的是工夫?！

这人的绝望　就被阴险传染成族人的眼疾　让我老犯病
什么也看不清　所以族人一流泪　我就会惦记那个仇人
这是我唯一的笑话和苦闷　他现在举鞭乱跑于荒野
还假装正在驾驭你们　他已半身入土　缰绳就是俩胳膊
要终止这场嬉戏还需冷静多年　或一场翻天覆地的革命?！

我翻开口述的思想和不成文的经卷　并最终不了了之
因为　他们在喋喋讲述　我们是最最在听的人！

你抽我干什么呀　你看我跑的这个姿势　多么标准
是是　我的根本问题是　我有点唯本本之类的主义！

什么　药不是刚吃了么　我绝对没吐　我不叫杜丘东仁[2]
嘿嘿　我不正吃呢么　你真是个　婊子养的护士长大人！[3]

此时我那和善的脸上　洋溢着朝霞　和灿烂的和解
我真正伤心的是　我没演酋长　那个飞越布谷鸟巢的人！[4]

注　释：

1　鲁爷和老 Q 引鲁迅小说中人物称谓；鲁爷亦为部分今人对鲁迅本人的昵唤。

2　杜丘东仁即日人佐滕纯弥 1976 年根据著名小说家西村寿行同名作品导演、上世纪七十年代末八十年代初在我国公映的影片《涉过愤怒的河》（中译名为《追捕》）中高仓健所饰男主角姓名；详参影片。

3　护士长除文内此处特定指代外，亦涉 1975 年由美籍捷克裔导演米洛斯·福尔曼在劳伦斯·豪本据上世纪六十年代美国反文化小说家肯·科西同名原著改编后拍摄、在我国影视界内“参考放映”并曾获五项奥斯卡奖的影片《飞越布谷鸟巢》（中译名为《飞越疯人院》）中路易丝·弗莱彻所饰角色；详参影片。

4　酋长和飞越布谷鸟巢的人为注 3 影片中另一重要角色；详参影片。

（1987 年 9 月 9 日）

日常秩序里的低语时分

当日常生活的繁琐弥散出倦意葱茏的黄昏你急狂狂推开了我那扇繁琐了一天天的门你先是左右踢飞你脚上那两只精致的红色高跟鞋接着就气喘吁吁小跑着穿过我那到处摆放着各种问题的走廊和客厅然后你闯入书房呼啦啦一下子就将书桌上我那些还没来得及解决干净并正在处理着的诸多事务通通朝桌下推落下去

来罢快放下你这些已经一整天都被它们公然霸占了已经消耗到你连未来都快要全没了的烂杂碎好么宝贝儿哦我可怜的好脾气的受气包儿来罢快啊让咱们先赶紧脱光衣服把它们全扔到窗户外面去让我们再没了任何羁绊和顾忌罢让我们赶紧抱在一起让肌肤和肌肤爱在一起来啊继续我们这辈子应当天天都该干的正事

伴随你这般喘息中的低语你就在一连串粗鲁如暴徒般的热烈动作里你已肆意碰落和毁掉了我呆滞的表情我手指之间本来很稳定被规划好内容的这个时辰只听到哗啦啦一片碎落声里它们已无可挽回也包括我那经过

精心设计天天被精心梳理和呵护着的格式化发式我的衣服就别提了也已全都被你随手向窗外扔了出去

哦我好爱你我好想念着你我好担心着你你温润而滑腻的躯体成为展开又闭合着的花瓣和生活的章鱼将我温柔旖旎而且是热切地缠搂进了你具体但又抽象的怀抱里你说我真好怕我会因为止不住惦记着你我会像疯了一样会掠夺了你的欢喜可我觉得我不会因为我这么爱你而你又这么聪明我应该不会是你要拒绝的真理

然后在你这样连绵的亲吻和爱抚里我就毫无保留地向着你给我带来的日子滑捅了进去在这激进主义的夏天里你鲜艳的花瓣已经彻底吞没了我所有规划好了的人生秩序包括此时全已没了任何意义的发式以及还将继续霸占或是导演着我的任何主题我那被精心安排了的任何情形嘻嘻你胜利地笑了说我就知道你会开心

然后你开始沉醉其间不断抚慰并缠绕着我那已彻底超越了现实时间的完整躯体你开始温柔地建议我说来罢让我们继续昨天前天大前天和大大前天那种低语罢你在我耳边有海的气息表情也变得神秘你在沉迷的喘息中就像在临终嘱托一般快点罢同你爱人你同学你的朋友你所有亲人同你自己当我正销魂于命运的此时

这被日常秩序搞得倦意葱茏的黄昏当她其实从未闯入

过我生活的岁月当这岁月有可能仅仅是我幻想出来的某世纪某年某月某一天黄昏当低语时分它彻底在哀唱着我生活的本质而我在绝望地追着时间用灵魂和我那完整的躯体它被你爱抚并伴随着你这喘息中的话语你眼中漂泊着低语而我在沉溺当你爱抚着我的真理！

（1987 年 10 月 1 日）

奏鸣曲

完蛋了！我正从这透明的房子里，直接栽进
你眼中的旋涡机，你那搅碎灵魂的清唱剧，
不可逃离！骤然是狂暴的奏鸣曲——

辉煌惊悚的呈示部，由撞门开始！
赤裸的女高音，朝透明的展开部一脚踹去！
于是，潮汐广阔升起，并灌进城区——

弦乐长吟，那是在水底朝霞中的宽广抒情，
激惹并压抑着昏迷的热欲，不停息；
难以忍受的，是只求崩溃的漫长焦虑——

"小偷啊——！"我不能不愤懑地喊着你，
水底广场上，竟到处回荡着你的声音；
漾漾的笑声，总劫走我的神智，再漂逝去，
像下雪时，神引你一步一步丢掉足迹——
"不行啊——！"再现部破门而倾，
用疯也般激撞出的狂响，惩罚水中人——

那些仍不愿分脱开来的，挣扎的灵魂体
就仿佛她是那遍体鳞伤沉醉于鞭刑的艳妓！

然后是壮丽的爆发，溃决的最强音，
讲述她如何炸毁她一手领来的，这盛大节日；
在纷飞的哭喊和礼炮声里，她笑得像个天使，
接着就把我，扔给了寂静。

那之后——

潮水退去，邻居们开始集体偷听，核对笔记，
并展开分组讨论，纪要也在被圈阅、传递；
总之，你指挥演奏我各种各样的小道消息曲！

房子是你透明的旋律，我思忖：我走出房门
就是隔壁，而隔壁将紧邻着另一个隔壁……；
你和这城及其历史，它结构宏大，用意严密！

（1988年5月18日）

梳脸的人

你目光像把灿烂的梳子
梳着我那张伸向你的脸
好过瘾啊　你一脸惊喜　边梳边呢喃
当我让痉挛那笑　固定在你面前

你梳罢　梳去它疯癫背后　无因的啜泣
梳去它正午时分　汗淋淋的恐惧
当晚霞璀璨　它嘴角那丝阴险
当夜到深沉　它一笑的凄惨

你梳罢　我背后正端坐着一长队
更痉挛的人　他们唇间都叼着一张
有号码的纸条　他们井然有序
神色一律　都庄严　果敢

你梳罢　除享受这被你深度梳着时的
巨大快感　我们空空如也　也唯有被你
梳理时　我们才有机会收藏你

惬意的眼神里　那陶醉的火焰

多灿烂啊　在等候之中　体会着被你
如此深梳着脸时　这命运的惬意
体会脸被梳直　凹凸都被你完全梳平
脸上的梳痕　成了一道道　等距的音律

当嘤嘤啜泣　梳碎在汗淋淋的恐惧里沉寂
晚霞也璀璨着梳进了我细烂口唇的缝隙
夜也被深沉梳入了我惨笑涟漪的原址
从前的脸庞　终于已被你梳了个干净

于是平静　而那平静后的余韵
也可能就是　你与我的关系

那么任何脸都该去梳理的理由
也可能就是　我们生活本身

（1988 年 10 月 1 日）

临界时刻

什么样的手术　也不能把你切除　使我竟不再像伤口
不再像长满喇叭的肺　不再像咽进一车皮锈刀片的马
不再像破房子和家具那么漂流　有悬在半空但弯断的
彩虹　那雨中沼泽　漂着许多切开的心　沙哑的眼睛
除非我一步跨出我的前胸　是一个已经被揭去皮肤的
嫩红的疯童　他正举着我后半生的翅膀　诺言般轻盈
并借用你朝迷蒙的晚春　怅然飘逝的眼神　充分显示
我雪片般衰落　如无声的音符朵朵　如甜润的子弹孔

一种四门洞开的激动　把我痉挛伸张的双手　绑进了
谜一样的集中营　它们毫无出路　空喊不停　而我那
斜阳中站立的倾斜身影　就在你突然泛起的笑里失踪
我听到沉重的关门声　它在塞满梦想的口袋里　暴动
它已经胀得通红　但弯如弓　在酝酿着切割　我就见
漫天雪片　和晚春的伤口　疯童哭追着翅膀被撕去的
白马　在广阔的沼泽　而我那水中思索　就到你打开
笑脸的季节里　狠抽了几下舌头　这时候　我的头发
开始疯吼　满街的柳条　也开始飞舞　像雪那么飞舞

一团导火索般的神经　由此点燃了　像活着和死去的
多少年生物　它们就都在大地上苏醒了　哭着在朗诵
我将奔跑　穿过扔满了破家具的旷野　进入你几年来
睡意全无的耳朵　为你　只为了你　像傻子一样跳舞
为你昂首清唱那支飘逝中的歌　为你踢开嫩红的车皮
众刀片的切割　分开拥挤在话语中的人群　沿着那条
断了的彩虹　为你吹落睫毛上的惊恐　为你悍然生出
一朵朵翅膀　为你悬在半空的那些喇叭　张口大吃着
太阳生出的一只只苹果　并拍打下一个蹦跳着的气球

我将把它推进我们嘴中　以便有罪的我们　两手空空
当我们全都一丝不挂　赤裸肃立在长满喇叭的集中营
那道断了的彩虹　将沙哑着漂流　马背上将还是那个
嫩红的疯童　在哭　门已关上　那颗甜润润的子弹将
穿过冬春　穿过沼泽　穿过口袋　穿过皮肤　再穿过
你多少年恩恩爱爱的事物　然而我这样爆炸中的激情
将使我一瞬间衰老　就像一团废纸的下落　没有人说
什么样的手术　也不能把你切除　使我的不再像伤口！

（1988年10月9日）

他终于再次回到一个历史场景

你蓬然闪烁的眼中
世界熊熊　时间也熊熊
燃烧着狂奔的　是破烂的飘舞
万马在血光中冲杀　嘶吼
混合着广阔的　倾国大哭

我兴高采烈　疯了样奔跑
我扒开芸芸众生　扒开他们那吼
快　快让路啊　你们快让路
我有圣告　我要传送　传送

高擎的圣旨　迎风飘动
千万记凌空鞭打　看剐的欢呼
催动我奔跑的脚掌　这送的激情
它们拍打着大地　这面空洞的鼓

它是由无数城池　被焚的家园与书
那些伟大姓氏　和民众的白骨之城

那早已消逝的荣耀时代　在支撑
支撑　它在我奔跑中　步步回声

大门打开了　这座要接旨的城
我眼前无声竖起一个　血色黎明
一张张苍白的脸容　在这时探出
接着是无数要抓取什么　但撕裂的
手　再后是成了洞穴的一窟窟眼窝
等待　已令他们　瘦如枯骨

都昏衰老朽了　但默默跟着我在走
他们频繁被绊倒　由于遍地尸骨
有多少乳房干瘪的女人在痴痴望我
喂着她那死婴　我已经数不清
到最后　我念着圣旨　已哭如丧妇

不幸的城啊　你还以何接旨　来
谢这圣的恩顾　你还能　以何发兵
以何倾城　都疯了啊　他们全都
发了疯　也包括我　他们在叩谢中
奔跑　接旨　他们似乎已疯狂永生!

（1989年3月）

年代与比喻的空帆

我是在广袤的莫辨中，悲哀地散步，
丢失的地址，什么也不能说明

——《摸底的人》

圣洁的脸

这块圣洁的脸
比天空更白
更简练
更无畏
也更无边

所以
我可以
用上的词
都不太可能
令人发指

它的豪迈在于
对任何人
包括他自己
对活着或死
对过去或未来
全无所谓

失去了脑白质
所以一切都被
成功固定

它现在
静穆如山
静穆如水

它现在有一种
圣洁的美——

在圣洁世界里
在这圣洁的
日日夜夜！

（1989年4月）

状况之海

当现实是一凸绝望的海岛——

周围一片汪洋，没有帆漂，没有巨鲸庞然出没于周遭
没有可能的盼望，也没有留守的哀伤，没有鱼逐浪，
也没有飞着的海鸟

你那张沉静的脸，这时灿若夕阳，你把这汪洋的世界
再一次照亮，就如再也没有了未来的耄耋孤佬，
起航之前，默默在低唱

哀歌中，我捧起你这最后的夕阳
像捧着即将悠久逝去的深重时光

当那广阔的墨浪，已粼粼，不祥
它只被你的荣耀，很细碎在照亮

这让我不能不茫然展望：我们在这里，最可能的下场——

满嘴都是你飞扬的乱发，但再怎么美好，也不能抵抗那灭绝表达的荒凉
我是你仍没有任何指望的，唯一的指望，未终止的岁月，目前还在滑翔

我不好直接讲出这个真相，这一口弥天大谎，我现在也只能很艰难咽下
当镜子已无法擦去我从前留下，或是将新绽放的创伤，当它们集体亮相

当你在射穿的肉响中，惊天一叫
当我在手捧着夕阳时，缓慢栽倒

一轮空前的明月就来了，戴一脸环形山的微笑，它吞吞吐吐在讲——

它讲挣扎和灭亡，需要忍受的悲悼，需要忍受的遗忘
它们在每一季节，每一个重大时刻，它们在每分每秒

它们从来都如此精确地显现出横暴，也从来都不拒绝将骇然出场——

当现实是一座孤凸的海岛
当现实正是，这样的状况——！

（1989年5月）

一片空寂

午后　风无声揭下
你脸上的斜影　吹亮你这根
唇边的长笛　一缕将永远失去的发丝
牵引你此时复杂的表情　牵引着长笛
那一抹雪亮的风中长吟
有一顶帽子　在风中飞行

我躺进默默无音的哭声里
不敢栽种任何　属于鲜花的消息
我不敢爬进去　更不敢光身子摔进
你眼中飘出的　任何一片纯净的空草地

于是我举起双手　捧住你眼中随后飘出的
所有窗玻璃　和不属于窗玻璃的　玻璃
放进我体内的阳光里　并默默安装在
我们那透风的　废墟里　在那间屋子
那扇不能够再结实的　好墙壁里

在那里　喧嚣的哭喊　和城市之音
从此关闭　我站在那儿描述你
天一样的表情　天一样的镇定
天一样的手和脚　天一样的躯体

而你已经　全无踪迹

一片空地

一片空寂

时间已把我
忘了个干净——!

（1989年6月）

状态及其供述 _ 节选

剩在夏天

“一种秘密的打击，发动在我们的日常生活里，
一种全面的毁灭性打击——人不能准确地安排他
合理的恐惧，但要躲进跟我作对的隐匿冲动里，也
很不容易！并没有一望而知的危险来临，但却时刻
深信，不由自主地深信，有一种险境，正在靠近！”

——哦，那假如我不是在午后湿闷的热风里，穿过
已人迹鲜至的空旷市区；不是被帽檐边沿压低的冷笑
很阴险在注意，或并没有在注意；我的乘车路线，也
不是像事后才发现，它竟是那么的故作不规律，乃至
荒诞不经的诡异；那么之后发生的那一幕，还会不会
来临（我刚刚侧身转过街角，一下子就呆在了那里：
“老熟人！你你怎么会站站在这里？！你你怎么知道
我会，会经过这里？！”我魂儿都快吓飞了，你好像
也是，但谁也没捅破，这是个把戏；于是就开始了这场
让热风都感到战栗的谈天扯地：从最近的天气与暖气

开始，一直聊到你惊慌失措地跟踪自己，被意义通缉的
你所有的行迹，以及你行止不规律的所有奥秘）？！
我很不确定！同时也无人可以拜托他说出个一二来……

——再假如呢？比如我靠在夜场电影广告牌那根
蓝色立柱上，吃着西红柿；我打开市报周末版那一满页
寻人启事，细读着上面关于本城市民的自我履历及其
外形特征的大量公开信；但刹那之间，我感到要崩碎
（近年来潜心思考的人种感观窒息史理论，我是不是
已有了一个秘密的证据？当生活的每一天都已完全停顿，
就像我放在窗台上的任何东西！而这正确与否，我还是
不能确定！因为无人来陪我靠在那儿，吃着西红柿……）。

“哦，一个星期，是大致还可以应付的光阴！它足可以
让人这个东西，如履薄冰，谁都不再会给我写信；而所有
寄来的信封里，都是空气，以及我绝不认识的各种笔迹！
而且我坚决否认，收到过这么多的信！这世上，也从来
不存在这么多的信！这一切，都是我和这世界精心编造的
没的玩的迷局！可我们真是没别的意思，就逗逗自己而已！”

——再假如，他可能唯一搞不懂的是：为什么恰恰是他，
被剩在了这难以复述的夏天里，而且毫无余地？他为什么
只能被那些帽檐边沿压低的冷笑，很阴险在注意，或根本
没有在注意？所以他为什么，什么都再不能确定以及……？

（1989年7月）

日日闲逛

空比划一阵 然后 作罢 作罢
两眼之间 有一双巨大的翅膀在拍打
可以么 就挺它们在鼻梁上 面对
拍落的空气 大声宣讲 我赞唱你
加剧 加剧罢 我的重创

这么待扔的破脸一张 我戴着它
在八月中旬 四处张望
我寻找狂吠的时刻 能突然诞生在这条街上
我嗽了嗽嗓 吸足一口气 背着手闲逛
随便罢 请你从背后 猛扎我一枪
以使我迎头撞出一朵 肥大的鲜花
就那样挣扎 于是

徜徉 去奋力顶住行人们
劈头盖脸的痛斥 那凛冽的目光
顶一颗如此可耻的脑袋 打搅这好世道
去捧一杯添堵的茶喝着 叫着好
再给一张张好脸 很认真撕出些厌恶的嘴角
和斜拽开的眉梢 我还要捏挤出他们那
更不适的神色 并拍着他平坦的 绝棒的脊梁

几年前的一周 我们是很灿烂的 并且很融洽

对么 我们和亲人们争吵 参加滚烫的大合唱
但下雨了 你走来温习我明亮的双眼
和乱糟糟的头发 纠正我那些走板的唱腔
我也总走调 你笑笑 使我自豪 再席地坐下
吃着鲜桃 剩一口哽在生活的留言薄上
保重罢 今天是一记伟大的耳光!

那么就闲逛罢 我可以搀着多少句谎话
拜见那些不相干人们的大好时光?
说罢 你就说罢 我一身酒气了
就把我赶出你的节日 把我彻底输光!
那么闲逛 留着秃顶 推算好我们
可怜的期票 追紧你要账 或干脆赖账!
那么 就逛逛罢 你也不要怕 初次见面嘛
好赖咱也是 朋友一场!

所以我只能空比划一阵 然后一切作罢
然后徜徉 然后闲逛 我两眼之间
有一双巨大但绝对无用的翅膀
默默表示 它们在飞翔——!

（1989年8月）

摸底的人

(迹象表明：近年来日益深重的偏头痛，同这个世界
关系很深！每次我和你亲近，我都患感冒，窗外总会有
动静！值得持刀，吓一吓你热情的喘息声！要么到
街里昏暗的转弯处，挺身拦劫这个八月的下午，它将
缩身惊叫，像一头受伤的豹，抱头就去散播破伤风

我记下这天的遗址，那副晚霞中的甜美遗容，近年来
日渐加重的忧郁症，造成我今天这么真诚感人的笑容
但一向伪造着病情的世界，非常太平！账单贴进你
迷人的眼中；每一场销魂过后，都有一张被签署
并懒懒飘出！刀也始终在我的大脑里吊着
冰冰冷冷，但传票，已插进了门缝——)

必须搞清：你们沿街传染时的用意跟思路
有关的病历，已经失踪！当春天正在散布着幸福
那些健忘症患者的房门，一扇扇沉默。那么
我得去探听，近年来变卖掉的日常生活书
有没有关于我的目录？那至关重要的记载和传闻
会不会造成当代读者的历史性错误

在夏日街头，用心险恶的闲谈碎语，是否已
飘舞在晚风之中？而脸容紧凑交替着脸容
那完全确定的表情，为什么逼近，又一声不吭

当一整个秋天的下午开始作证，但能不能肯定
这年代久远的罕见事物，是否在那年的初冬
凶相毕露，它们在阴森的记忆里，默默结着冰

我是在广袤的莫辨中，悲哀地散步，丢失的地址
什么也不能说明！就只有摸索着走进时光的空洞
搜寻些幽光里微笑的姓名，这么多姓名
是他么？为一个伟大时代的寂静深深感动
一味哭泣着，如今也依旧在倾听。那是她！被她那
如歌的年代，全身征服，美得像棵树，据说死于非命

他呢？还是站在那儿背诵，挺胸，这一生
都希望有机会能壮烈地牺牲。下一个阴笑着！她那
背在身后的胖手里，还捏着众多陌生人无名的把柄
跟上来那位诉着苦！他拉住所有的朋友乞求，哀哭
不断抽打着自己的头颅。怎么可能？这一双眉眼
竟如此年轻！仿佛是在这八月的下午

那温柔的念头，轻轻擦破窗外的天空
为一个可怕的伤口，天真地失踪
下面空着 这里怕是该有某个姓名
与我的关系 一定深不可测 但是假如
我浑身发冷！我这手握没握过
这隐秘的姓名？它那手，是不是曾经
向我伸出？它是否正立在我的背后

假如我转首 假如我现在就转首——

一长串耀眼荡漾的欢笑声
你梳着头 叉着腿 在林荫斑驳中
那耀眼的绿色 我只看一眼 就昏过去了
而笑声循环着 笑声循环着笑声
做梦也想不到的 终于就发生
我完了 她还活着 是的 毁了我的一生
而且全部 完整 彻底 单独！

(细节是不可想象的那种致命！局部竟比完整
更加恐怖！我恍然大悟：岁月在意料之中，完全陌生
当骗局已定，底牌便可能被优美地亮出！我那整日
精心保持的笑容，就排演着整场整场的大悲剧了
当恐怖把戏装穿上，堂皇走出，叉着腿于绿色
你将梳出一个什么样的发型

门开了，我在那儿偷听，我听到我们多少场争吵
全在故意大哭！后来寂静，我持刀贴近那扇窗户
它开着，我听见你把我吃了个干净，而我在偷听着
我的内情！迹象表明：近年来日益深重的偏头痛
同这个世界的关系很深，但传票将再不能
确证，我今天这么感人的失踪

那副晚霞中罕见的甜美遗容

将在这八月的下午

精彩，永恒——）

（1989 年 8 月）

秋夜之雨

我想深吻你时，风伸手把我推开
你也推开我，半不情愿地，你目光一颤

但是你紧抿无血色的嘴唇，你没有看我
目光是伤感，有松散的犹豫，你始终无言

你柔腻的手指，在风中那么涣散，那么苍白
她们在这秋雨夜中，无对象般在推，在伸展

哦宝贝，我知道我们，和所有相爱人的意愿
都已经如此惨败，一切都已经，完全崩坍

可是我还是不甘，我还是不太甘啊，宝贝
你看我这颗心，它跳得确实，不是很欢

可是它已经脱体而出，它跳向你了啊
而你那娇嫩的双脚，能踩碎它么，宝贝？！

当雨这么连日下，它在今夜，哭得这么绵长
就像是再不愿与不哭的日子，有任何来往！

它细细撕开我潮颓的白墙，让砖石赤裸出牙
像撕着你苍白的手指，你那紧抿的唇缝中央

它悄悄踩蹂着，我拒绝向这夜关闭的凝望
我那不愿退却的眼眶里，那薄薄一层泪光

但没有声响，如风和你推开我那刻，我只有
剩下的接受了，那种哀颓的妥协，和沮丧

你长长叹一口气，然后就默默地把它们收好
用欲哭但是平静的表情和姿势，你起身了

你就只身走进了雨，把它们很难过送给了
这哭的世界，让它们在夏季的余音里，去飘

它们就在这湿湿的风里，伴着我再难吻你的
秋雨故事，飘在这看不到尽头的，长夜茫茫！

（1989 年 9 月）

受惊之焚

一

受惊的天和脸　突然像开了线
凌空那一百面窗户　玻璃全被打烂
而我仰望它们　已有　十年
所以我伤透了的　不只是双眼

广大的人　全背过身　默默无言　他们
站进这透光的雨夜　他们拒绝上诉　只待枪决
你这时　举起我的脸　就像把岁月的镜子
要镶入空白　可是你再一松手　它飘坠如伞!

二

细雨揭开了夜的衬衫　真该洗了啊　她这么呢喃
你怎么会有　这么多的血啊　她边哭边又揭开

这十个春天的一条条绷带　让雨就浇进我眼窝里
真清凉啊　我就低喊　而我掏空它们　用了四十年

眼泪和眼泪　再一次失算　我找不到任何一扇
哪怕是最烂的一扇门　我手头每一把钥匙　都已被
砌进了　不再使用的日历　我可以和生活协商的
任何语言　它们就只能在荒凉里　不断空喊——！

三

风驱散了这场邂逅的排练　我仍在难过地惦念未来
我跟踪而去　并抄下了那即将施暴的　所有地点
再混入闹市区　为拍摄那一年　最漫长的强奸

这时候　她那莹润的目光里　没有绝望　没有哀怨
干净得叫人想雪　她看我痴呆　就垂落了她那圣洁的
目光　并静静展开她已经伸进雨里的　大腿的圣洁

于是我扒开广场　当众自焚　在炽痛之中　我就看见
她竟然也站在那里　正静静地　望着我擦汗——！

（1989年10月）

病房外面的日子

今夜，无月——
玻璃窗相互撞击，风呼啸着抢掠
墨迹，表针，纱布，那裹着我的被单。
已经跌破的镜子，无言地拼合出我那张
静穆不惊的脸！

突然，去年——
我们被夏天，彻底押解。
传染者，砰的一声，被立决。
纱布上封印着一层层叫喊，就像是
口罩上面，洇出的水彩！

门，一扇扇推开——
搬进这生铁铸造的反省院，它到处雪白。
开始罢，你所有已无意义了的酷刑诊断！
将衣服脱光罢，它们对血腥味并不反感。
我开始昼夜玩牌，以免我疼得醒不过来！

风，这时渐渐——
窗外有一小条被吹开的绷带，在飘和摆，
它逐渐露出了一小块，骇人的蔚蓝！
我忙屏住呼吸，它正被越吹越开！它正在
赤裸出这座，被绷带包裹着的病房之外！

这时候，清晨——

这病房外的世界，居然已一改容颜！

它竟突然是这么的明朗，这么的绚烂！

它就像刚剥掉表皮的肌肉那么新鲜，

那么疼，但欢悦！因为它满目醒来的竟是

寂寂的雪——！

（1990 年 2 月）

雨和无雨的日子

我那年的日记，一页页；我一不小心，一推开窗子
就被风劫往了豪雨的旷野；旷野一望无际，如水的尸体

雨是那年旷野的典礼，我的眼睛，只能在默默注视中
漂泊着来去；云也驶去，它们到一望的那边，陪夏天休息

我那年漫步过你，而你挣扎着，不让我那么轻松就漫步过去
清晨时，已经一片沉寂；日落时，我疲惫万分，抱着你听雨

浩荡的云，都已经奔赴了遥远的夏日，不属于这里
鸟孤飞，盘旋着牵引我的岁月，我的记忆，直如一场迁徙

也许人只能用眼睛记载，它们留下的那些话语，残无声息
像我的眼睛，被我和这世界交互遮蔽，没有尽收的风景

于是这空茫茫的雨季，就在那儿伸展着，它的尸或躯体
它伸展开的，是悲剧还是什么剧，我不能说，我也没有证据

耳边是它们连绵了一季的自言自语，甚至是希伯来语
我不能复述给你，我已经没有了任何神通，任何能用的暗语

直到我转身回返，到如今具体细节的漫漫生活里
直到继续忘却着，我从未真实写下的，那个夏天的记忆——

于是年复一年，我天天都在咀嚼着你，回味着你，背叛着你
我连绵在抱着挺像你体态和滋味的往事，而且空口无凭

在雨中，在这么湿热葱茏的漫长徒刑里，我像个白痴
我梦见你不哭不笑，只盘腿坐在那里，水和我玩儿在一起！

（1990年4月）

弥散其间的日子＿节选

我们终于走到了大地的边缘

——埃斯库勒斯

是谁从悠远与显赫，变成了当代的蜉蝣者？
有了语言，但已经说不出什么，它说出的一切，
也已经不属于人的耳朵能听到、能听懂的了！

空洞的祭仪怏怏散去，人们相互点头，漠然分手；
那扮成阉人的击鼓者，也在卸妆，脱去那身行头，
他还故作很理解我们这个氏族，我们的生活！

他满口都是偈语，一副失望的样子，笑起来很冷，
但他已衰老，手抖得不行，回想也总是令他伤痛；
而我也不愿太掩饰我浓重的倦意了，我每声叹息，
都饱含着寒冷，就像晨曦不透出任何一丝微明！

我正在伸展着漫长的潮湿，伸展出一弯扭曲的虹，
它混合着与梦交媾后那番睡意，那瘫软的初醒；
我失眠了，而我昏迷中还在拼读着白日梦的话语，
举孤独的手在风里，让另一只支撑流水般的自己！

我天然分开的眼睛，两望着这一汪失去的中心，
谁的嘴，竟还在喋喋倾诉着这事，还在那儿辩论？
已经没有需要去说服的神了，它干吗还这么絮语？
语言对此，已剥夺了自己，让舌头也没有了根据！

连我的手，都已忘了去抚摸我的身体，我那颗心，
却还在我体外冲动着，脚也在自顾自开路奔行；
它们要走到什么样的深谷，踏进什么样的水里？
在这儿的大脑，已经全然不知，知道也没什么趣！

所以，这是我被切开的身体，里面霞光淋漓！
当外面的黑夜正蠢蠢欲动，要找回，它们寒冷的
正义！我就坐着，像站着和躺着那样子，我可以
消失在此时此地，和我所有的，该去之地——！

（1990年6月）

永远午后的日子

在我们神智和多余的精力
开始消沉的午后时分，一年许多次
我们荒疏了，荒疏到与影子见面都懒得一去

从久远的年代传出口信
亲切但冰冷得很，而那手，怕是从
没有时间的地方，缓慢向前在伸

我想起，许多白天
由莫名的激动，开始陡变，午后就染病
午后啊午后，我们的绝症，发作时它居然如此沉静

什么不能使岁月昂起头来，它那颗骄傲的头
只委顿一歪，如瘫痪，已经没人为它言语半分

在你看似平静的额角，挂着一道什么样的伤痕
它总是自己要咧开嘴，而你就让它废话喋喋
梦话也喋喋，你摆了摆手，似乎也懒得解释

有时候，你笑得那样纯洁
就好像血腥的胜利与失败的昨天，并不是一种负担
你并没有朝那艘去遗忘之海的船上，背送过它们

但是一天以后，一周以后，你就又抑郁了下去
为一个推不走的苦恼，一个罪名，你消瘦，消沉
从此你闭门不出，监守着你不值得监守的那些琐事

于是，了不起的岁月，将在某一日，挥起利斧
砍下你额头上那道历史的光辉，并平息了你的皱纹

我翻开属于这年月的目录，一页页搜寻着
你那些新的名字，是这么陌生，这么的古怪

但为什么啊，这使我情绪盎然，又含着无尽的衰懒？

当你是不屈的手，朝昔日里一伸，而我一握住它时
它已被活活砍落了，没有任何伤痕——！

（1990 年 7 月）

与历史恳谈之时

这空寂的场地，恰恰是一声无尽头的叹息
碎石由无数的往返之路，慢慢铺近
凭粗糙的设计，冷静地铺进我们嘴里
它坚硬的本质，将每句话都弄得血肉淋漓

我不得不佯装无意，佯装我并不太介意
我就把身边那些溅漏的语音，一一拾起
再一一扔开去，或干脆从嘴边，一把抹去
这让我再也含不住你，含不住你的任何呼吸

从那些折断的某一句，勾起你的手指
勾住它罢，再费力地拉向我们刚脱落的表情
你深知，你已经挨近了一个致命的终点
我们的对视，于是就这么，很长久在弯曲

该找到一段更脆弱的历史，当它已闭嘴
该把它可能的微光，重新钉进我们的眼底
使我一转身，就可以走进那场半停下的暴雨
再转望时，你已被湿衣服勒紧，站在干地里

我该会吵嚷着，打捞你盈泪的那么多好日子
你那盈泪的喜悦，盈泪的隐忍，你那些坚持
你那些盈泪的奔走，盈泪的哀羞舞姿

天哪，你那盈泪的溃败，盈着泪的彻骨呻吟

而那些碎石，悄悄在下沉，就这样开始
吐落出每一个字，都互相抽拔下硬发十根
直拔到光洁的头皮，紧挨着所有问题
而无需让它们痛苦地变白，耗那么多时日

这使我们不得不发出衰老的颤音，牙已落去
然后都无声地朝那命定的地点，各自起身
然后把生活的碎石，一片片地碾进
也罢，我们碾进，碾进我们的下一场遭遇！

（1990 年 7 月）

偶忆起春的日子

眼角像一把折叠刀，
切割着你的视野：
风切割日光，
伞切割多雨的这个春。

你无由挑选了这个季节，
练习半哭或不哭泣的表情；
你戴上帽子，又脱来脱去，
折磨着这场好生活的秃顶。

街上的云，默默在飘移，
陌生的脸，依旧是它的主题；
你闲逛一会儿，站住一会儿，
你思考那所有脸上，微笑的意义。

黄昏时分，你手心潮湿，
之后，月光也浸润着遗忘与悲悯；
一条苍白的手绢，就像记忆，
挂在所有的脑袋里，很缓慢在咽气。

但并无人逼迫我们，这样来比喻，
并无人忠告我们，做一个妥帖的人；
过着这惭愧的日子，也没人会谴责你，

也没人告诉你，怎么样才更安一些心！

当那么多伞，在切割着
多雨的那年春！

当那么多雨，在切割中歌唱着
那一年的我们——！

（1990 年 7 月）

为她祈祷和飘落的日子

一

她注视着一只闯进大厅的鸟，在早晨
她以为那是她的父亲，最倒霉的人——
他患了麻风之类，手勾着弯曲，月亮的样子，
她生下来，就痛恨她那胖乎乎无忧欢的母亲！

我的嘴擦净你湿湿的躯体，就像是父亲
它是那吊起的床单，很苍白，飘来飘去——
而你是我唯一的岁月，我所有好风景，
你飞翔的眼神，来自我永远失去的那个夏日！

二

就那天　我伸向你的五指　一点点融化　消失
天空分裂了　你透明　如寂静的爆炸　梦般烂漫

那天　我捧出耀眼的尸骨　沿着你的岁月　一步步叫卖
我那些幸运的血和肉的翅膀　曾一年年　为你仰望时翩飞
当你累了　它们也不觉得疲倦　它们从来不知道　什么是疲倦

那一整天的日光　在你眼中　一节节折断　声音那么脆烈
当白昼一晃身　成了个守夜人　满天的星星　下了这一场暴雨
我痛不欲生　也想不出怎么样才能　让自己一瞬间消失殆尽

我把你惊得大笑不止　我可以不哭　也不这样子　只默默思念
最后连一朵云彩　也飘不进夏天　一小阵寂静　也找不到呼喊

你透明的躯体风一样旋转　在空中　我梦见的玻璃都不能穿越
看不见的陨石依旧悬在那里　你从那儿掉下来　成了我的脑袋

你抱住它含泪亲吻　抱住它不住呢喃　好爸爸　真的很对不起
然后你振臂就把它拽下来　就抛给了今夜　这空空荡荡的大街！

（1990年7月）

西尔维娅·普拉斯，和自白者的日子

她望着永远再不可能看到的　灿烂的朝霞　或者是晚霞
并感觉在抚摸着它　她爱着她的儿子　她已经为了这人间天堂
天天都不避孕　她已经排出了他　他像猫那么弱小　那么不同于
所有神话　他没有了依靠　也没有了任何主张　她也是这样

她开始抱住他了　她是在全裸之中　不断　不断　在亲吻着他
不知道这世间万物　什么是爱到荒凉　她爱抚的世界　却不是他
但是他美好的表皮和形状　是那么光滑　那么娇嫩如花　她跪下
并悲痛中呼喊着　我就要死了啊　她就在哭着朝他　大声喊嚷

人世啊　一个多么不堪的母亲　才会手捧着儿子这么样喊嚷
她望着她那片　永远都不可能看到的　朝霞　或者是晚霞
她孤独地推拉和摇晃着那辆　空寂的童车　并默默品尝着自己
已经全无意义的好日子　她望见雨后　大雪将永远都在下

她望着这个世界　所有那些章法　所有说不出的　它的知心话
她沉静了　她默默梦游于彻骨的绝望　但是她已经　毫无声响
她让我还是看到了　她那沉静背后　正悠然开着的　那扇窗
当时雨还没下　雪还没下　只有那片朝霞　那片绮丽难言的晚霞

她是这世界深处婀娜的奇葩　竟这么惨在舒展着　她肢体的光华
她那甜美如小女生的微笑的下巴　只朝着阳光　她所永远失去的
当我已无法不拥抱着她　不让她就这么死了啊　我亵渎你了么

当我就这么　这么地　浇灌着她所代表的花　让她一声声开放

她此时凝望着我　并温柔爱抚着我全部梦想　我那今世年华
和我那已经是永远无语的家　我那双靴子　在欧洲早已弯倒着了
她就又哭了　我也崩溃了　哦她可真的是一个　绝对的傻丫头啊
而我就抱住她说　什么都已经正常了啊　我的好宝宝　你别怕
哦　普拉斯　西尔维娅　我是如此如此　热爱着你那种知心话

她抿嘴一笑　就望着我说　你可真是　这个烂时代的大傻瓜啊
还是个年轻的小流氓　而她就展开了她那娇艳的朝霞　就喂养着
我那不断昂扬的新日子了　她完全已经无世俗可以归化　她就
含吮着我的梦和靴子了　并仰望着我说　你永远不可背叛我好么

就算你背叛我了　元首啊　那你从此也要对整个世界　一言不发
好不好　好不好么　她如此灿烂地请求我　而我已如此背叛了
她那骇人的辉煌　我只有让朝霞璀璨　或者是晚霞　就仿佛它们
会把我这一生　照个通亮　她将让春季和夏季　彻底无涯！

（1990 年 7 月）

雨后消失的日子

透过窗玻璃，我望着雨后消失的日子
我透过你的眼睛，望着风华消逝
在你纤细的皱纹里，发出笑声
许多脸容，都已经模糊不清，风铃摇曳不停
我仰起苍白的脸，向着雨——
你的手指

广阔的日子里，你风筝般的脸，就这么飘来飘去
广袤的日子里，我弱不禁风，沉病不起
日复一日，它让我测量着和你的距离
你这手，风展开的花瓣，就这么抚摸着
我的眼睛，做你醒来时的露水，冰凉而晶莹
我从未把你，放出过回忆，我残破的衬衣

当雨街是些空荡荡絮语，诉说这几次夏天的经历
我扮演那个打伞的人，把伞压低
决不让伤痛和绝望的脸，露出半点会被猜测到的
表情，在这样纷至沓来的时刻里
那个最恬静的时刻就出现了，它停在雨地里

我变成花瓣
一阵风，展开了我
一瞬间，我变成了你

我没有看到

那个湿淋淋的自己

正背着脸哭泣！

（1990年8月）

命运多舛的礁岩

我再也爬不出　这茫茫大海的哭号了
从海水中捞起你猫一样的脸时
我说不出一句话

——《神圣的交谈》

重温：一个人和他所居城市的年代速写稿

我爱这座城
以及我小时候那些
漫天飘的风筝
它们是风的闺女
风的好孩子
就算风从未
抱它们哺喂过
风也年年都会
把它们记挂着
然后等欢聚的日子
终于一来了
它们就都会跟着
风委托过的手
一曳曳飞逃到
并不是亲生母亲的
风的怀抱中
飞啊飘的
撒着娇

而全城几乎所有
与风约好了的
大手或者是小手
就都会在欢愉的仰望中
将它们拉拽着
追啊跑的
或很缓慢在走
怕它们乐疯了
怕它们会太淘
它们那飘动的尾巴
双腿的也好
单腿的也好

我爱那些风
以及那些放着风筝
在追啊跑的
或缓慢在走的景色
以及那同时候
或不同时候
盘旋在远近空中
哨音空湿湿的鸽子
以及那站在房顶上
放着鸽子的
他们也都是我
不认识的朋友

不认识的叔叔
或者是哥哥
当风在歌唱着
它那些好日子

我听说许多街道
都还怀念着他们
怀念着他和鸽子
怀念着风的女儿们
在飞啊飘着的
晚春与秋
那时槐花
会雨中飘落
也会有银杏叶在身后
默默飘曳的时候

这当中还有一个
逐渐长高的我
在那些年宁静的马路上
踩着自己的影子走
要遇上太阳被遮
或下雨雪了
他就用别的走法
但一样是快乐的

六岁时
我曾把一颗
雪白的鹅卵石
从东城
一路踢到西城
再返回来
从西踢到东

再早些年
也许是之后
我坐在大鼻子式的
公共汽车上
望着人们游行

那里白天往来着
喧腾的锣鼓
晚上是川流不息
唱着歌的人潮
他们唱幸福的劳动
唱着麦浪与稻谷
唱骏马和火车还有水果
还唱山峰和所有河流
连他们脚下正走着的那些
大大小小的马路
也都管它叫大路了

被一遍遍歌唱着

这让痴迷
和流连着的人们
默默坐在窗后
像望着从那时候起
将会一直都是这样
锣鼓欢歌的日子
像望着再久远一些的
将来的生活

然后每年国庆一到
天安门那一带
松柏树上的彩灯
就全亮起来了
那真的很像我们后来
在电影上看到的
圣诞树的样子
只是没拴上铃铛
和小礼物什么的
给我们糖果的
是邻居和父母
然后灿烂的礼花
就缤纷炸开来了
带着回荡的巨响

让欢喜成了仰望
探照灯时而交叉在晃
时而又不交叉了
它们笔直而雪亮
一夜夜笔直在照

那是去东华门
或是到南河沿
看礼花的路上
不认识的人们
差不多都是全家
一路上欢声笑语
相互都打着招呼
回途中一律是
兴奋讨论着
比如今年的礼花
与往年
与再往年相比
是多么的好看
多么的不同
而无论它们
其实是不是
真的不一样

那真的是一段

我希望早点长大的
欢腾岁月罢
我什么都热爱
什么也不懂

然后是狂热的仲夏
人民全起来了
日夜响着高音喇叭
传单到处在飘
美术馆站到了
售票员高声宣告
她还高亢地圆出一汪
比仲夏更甜热的笑
我随着兴奋的人们
下车以后就看到
人们正欢呼追抢着
有大红色标题的那种
叫做号外的单张
然后全聚拢到一起
轮流快速在念它
然后都激动讨论着
有的还欢呼和鼓掌

然后人民批斗着人民
好像所有戴眼镜

和白头发的
无论男女
都在被搧耳光
而且他们的双臂
都被朝身后撅高
只看见垂下来的头发
也有只半边耷拉下来的
另半边已被剃光
还都挂一大纸牌子
上面有大红色叉叉
名字全颠倒写着
也有中间字反着的
挂一双鞋在脖子上的
一般是好看的女的
还当着好多人烧东西
旁边是他或她全家
他们呜嘤嘤哭着
有的紧抿着嘴在抖
在一遍遍口号声里
他们脸都白极了

我在懂事后第一次
回上海老家的火车上
第一次因为一场批斗
难过到快要哭了

我觉得那个
被双臂反架着的
很干净的奶奶
不应当那么
一车厢一车厢地
搧着她那张很慈祥
在赔着笑的脸
让她当众坦白
她为什么没跟她丈夫
坐船去台湾啊
她捐建了那么多幼儿园的
阴谋是什么啊
而且还狠搧着她逼她说出
她是他第几个老婆啊
他一个月睡她几回啊
然后连在过江渡轮上
都要让她背对车厢
跪向长江水
让她继续
继续
向长江水
悔罪

她当时跪在那里
发髻全散乱了垂着

那些押送和游斗她的
还用脚踹着她后背高嚷
她在那儿趴伏着了
裤脚那儿白白的袜子
然后她一下下开始颤抖
就爆发出天塌了一样的哀号
是那种很长声很长声的
每一吸气就都像要有
更哀惨的号哭正积蓄着
接着她就在踹骂中开始
像呕吐一样哽咽着
然后她突然用额头在甲板上
一下下死命地猛磕起来了
那中间夹杂着号啕

望着辽阔的长江水
我当时很难过就在想
如果我也有一个
像她这样的奶奶
那我怎么办啊
我该怎么办啊
那么她又是一个
什么人的奶奶
什么人的妈妈啊
那他们又为什么

没有来帮一帮
哪怕是稍微顶替一下
或是安慰一下这个
正朝着长江水
奋力哭叩着头的
奶奶或者是妈妈啊
回想之前她那张
被一下下狠搧着的脸上
一直是在抽搐之中
很慈祥赔着笑的
我差点就哭出来了
然后就听着大人们
有关别的什么的说笑
我胸口里像塞住了
喉咙里也硬硬的
我就只呆望着远远近近
那些深褐色的船和帆
在辽阔的长江水上
静静移动着

时代啊
你是辆太快的火车
我追你不上
你拉了一满车孩子
长得都一模一样

就连你那尾部平台上
还站着一个呢
他还在拼着命朝我
焦急地招着手
而我就狂追着你
在跑啊跑的
像一个被丢下的孩子
我朝你狂追不止
并拼命招着手喊叫

可是你突然间
一个急刹
你居然冲着我
就反驶过来了
我已经来不及了
我还在迎着你追跑
而你已快速朝我
迎头撞过来了

就听到
砰的一声
眼前都是霞光
大脑里一片闪亮

然后我全不知怎么了

睁开眼完全惊呆了——

现在是我在车上
你在车下了

现在是你在挥着手追跑
也成了被丢下的孩子
而我竟懵懵懂懂
已经站在你刚刚站过的
这列车尾部平台上了
你我之间竟来了个
这么惊人于瞬的对调

你就这么一边追跑
一边在呼喊之中
眼睁睁看我远去着
而你那望着我的表情
是无辜哀求着的
又是那么的绝望

联想到自己之前
也和你一模一样
就像和另一个自己
正在生离死别那样
这让我死死地望住你

并死咬住嘴唇在想
我觉得我无论如何都要
我都一定要去争取
把你也一定定带上
就是说要让咱们俩这样
随时都很有可能
被丢弃掉的孩子
咱至少从此以后
谁都不丢下对方好不好
就是说咱再怎么样
都至少还可以
总在一起了好不好
就那一刹那
我突然感到
这恐怕也是我
多少还可以
为我这一生一世
挽回一点儿什么的
唯一机会了罢
就是说也许我也可以
像大人们那样
去投身一种光荣
感觉活着伟大

于是我激动地

立刻转身
于是我就
走进了车厢

但那是一个
多么人声沸腾的车厢啊
火车已开了这么久了
可车厢里所有同龄的乘客
居然还在为座位和铺位对错
为交换还是为什么不交换在争吵
为谁有权坐躺谁绝不能坐躺
为行李架上或是座位与铺位下面
那个空间谁可以使用在对骂
甚至为谁行李放上谁的要放下
在激烈拼抢并调换中大叫
而且从上铺和行李架上
不断有人和各种行李包
被拉拽或踹坠着跌下
而且不仅是在这一列车厢
它是发生在我无辜挨尽了
各种拳脚与激烈推搡
才艰难穿过的
所有车厢啊
我已完全蒙了
我不知道怎么会

怎么会这样啊

等到我终于大汗淋淋
来到车头了
一推开门
就感到轰响的噪音
迎头朝我一撞
而那磅礴的
金属间的声浪
就顿时把我
完全笼罩

就看见
凶猛的机器
跟狂躁的火花
都在疯狂旋动
疯狂旋动着

但是人呢
怎么没有人啊
站着的没有
走动的也没有
只看见全是机器
全自己在旋动着

我惊呆了
我陷入巨大的恐慌
我就大声
很大声喊着

喂——！
有人么——？
有人没有啊——？
我想找到司机
我想找列车长
我是想把我推门走进
这一连串噩梦般的车厢之前
那个可能是太过卑微的
请求跟想法都告诉他
或者是她
我可以哀求他或她
为那个还在呼喊着追跑的
被丢下的孩子
我下跪请求你们
停一下车罢
就停一小下
这行不行啊
这还不行么——？！
我心里大声问着

没人回答

只有那些凶猛旋动的机器
噪音更是盛大

我就又大喊两声

还是没有人回答

我就傻呆呆站在那里
思忖着这个让我
傻呆呆的状况

突然之间
我头皮一麻
我全身的毛孔
就如电掠过一般贲张
接着被强劲的冷风吹透了
然后大汗俱下

可但是
我惊恐中
还是拒绝着它
我就想
这怎么会啊

这绝对
绝对
不会是真的啊
对么

对么——？

我就壮着胆子问我自己
与我正身处的这个状况

但是那凶猛旋动的机器
只继续狂动着喧嚣

难以置信的惊恐
已如这火车一样庞大
什么都崩溃了的悲伤
正哀求这些机器宣告
就让这眼前景象
整整十遍告诉我
并让我整整十遍
在剧烈心跳中警告自己
你千万不可
向自己宣告
说这火车
它其实根本就是

没有任何司机
和司炉之类的
也完全没有什么列车长
在指挥和驾驶着它啊
它竟是自己在开着
在开着它自己啊

然后震耳欲聋的汽笛
突然自己呼啸
然后是猛烈的撞击声
伴着剧烈一晃
我差一点就被
一下子甩倒

等到我一把抓住
已经哐的一声
关闭在我身后的那扇门
那个巨大的把手
再站稳那一刻
我发现我的身体
正在被强大的冲力
兜带着要向前倾倒
而车窗外所有景物
都正在快速前冲
两侧都前冲着了

怎么回事啊
我更加惊愕了

天哪
这火车怎么会
突然竟变成了
快速在后退了啊

我忽然注意到
这车头里
所有无人操纵
而是自己在动着的机器
已经在刚才那声
我不知其因的
撞击声之后
已经让自己
全反转起来了
而它们现在正是
让它们自己
在一起反转着
一起在开倒车了

它是在骤然之间
让自己从车头

变成车尾了啊

而且就在这时
还让我隐约听到
有一个声音
不断在呼叫

在经历了
这一连串惊变过后
那让我隐约听到的
持续的呼叫
它竟是这么的熟悉
这么让我要泪落

哦天哪
那是你么
不会的罢

可是那一声声呼喊
多么像我当初啊

但是这怎么可能
你怎么会啊

然而那声音简直是太像

太像是你了啊
在那次惊人的对调过后
你那绝望连绵的呼叫
已经彻底种进我记忆了
而此时当我
已经再无可能去争取
把你也带上
你那呼声
已如命符一样
急催着我去张望

我就立刻
简直像了弹一样
循着那呼声传来的方向
就扑到窗前了
朝外一望

哦天哪
就见你不可思议地
果真是奔跑到了
这刚刚还是车头的一侧
而就在你一下子
也看见我那刻
你的脸上
真惊喜极了

就仿佛你终于
终于啊
再一次看到了
不会被丢下的
全部希望
你竟更激烈地朝我
急挥着手追跑

我脑袋里轰地一响
大汗再一次俱下
陡想起之前我追着
迎面撞来的火车
眼前都是霞光
又想起就刚刚那次
猛烈的撞击声后
倒车就开始了
那么它会不会就是因为
又撞到了什么霞光
或一个和你我一样的
怕被丢下的孩子
它才会骤然发生
这么样惊人的
变向啊

我觉得

我和这整个世界
一定是出事了
出大事了
而且不光光是
这个世界
不光光是我

但这究竟是怎么回事
怎么回事啊
我完全不知道
我已完全
无从知道

因为这一切
根根本本
已经完全不像是在
任何梦里了
回想我从前做过的
所有那些个梦
哪怕是最不可解释
会让我突然被吓醒以后
浑身大汗还喘着气的
最最吓人那种
它们和现在这种情况
完全对不上号

它们没这么真切
没这么震耳欲聋
也没这么会叫我
差点就被一下子甩倒
也不可能给我可以
一把抓住的那个
哐一声就关闭在我身后的
任何的门和那个门把
再让我站稳之后去发现
我的身体正向前倾倒
而我视野中的景物
还快速前冲着
再次让他第二次朝我追跑
脸上是巨大的惊喜
还狂诉着饶恕他的求告
悲伤已经是强忍着了
而追奔是最后的希望啊
这怎么可能呢
这一切都绝对不是
梦可以映现的
如果梦真要为了吓我
它能这么活生生
提供出这一切么
不可能的罢

对么梦
我大声问道

对么——?
对么梦——? !
到底对不对啊——? !

我几乎是在
最大声喊叫着了
我就连嗓子都已经
喊到它撕裂着
冲进我喉咙的空气
已经是刀刃一般寒冷
就感觉声带那里
有一根粗糙的岩棒
在那儿剧烈摩擦
在那儿强暴着我的呼叫
而且极快速穿挫着

但是我还在张开嘴巴
就这么剧痛中大喊着
我在那岩棒通过的
沙哑的呼喊声里
就朝着你
朝着你这么活生生暗示

但你却无法代表的
这怪异的世界
挥着手在喊叫

尽管我是在
如此寒冷的剧痛之中
什么也听不到了
而冲我不断挥手
继续追跑的你
仿佛也同样
听不清我在喊什么
你却还是在继续朝我
挥着手追跑

我感到
止不住的热泪
开始在流淌
而我那撕裂于寒冷的
无声的呼喊
依然在穿过
那根岩棒的摩擦
朝你撕裂着

我就在这样
激烈呼喊

但又仿佛是
完全无声的
惨苦之中
拼命想找到
我和你之所以会
共有了这一刻的
那个缘故
那个造成了它的
可能的线索

这时候
你依然在车外追跑着
你朝我挥着手

然后是疾速的风
然后轰鸣依旧
汽笛也依旧
景物也更加频繁地
时而前冲
时而快速后退着

然后是流年记忆
全混乱飘飞着
快速在车内车外
呼啸着错动

你奔跑在车这一侧
又车那一侧
无论你追着车尾
还是又狂追着车头

而我也继续
继续在朝你撕号
我已听不到任何寒风了
而无论我是在车头
还是在那尾部平台上

然后是激烈对调
你我快速又完全对调着了

甚至是
你我都奔跑在列车之下
我们并肩在狂追着那列车

你和我就这么
在激烈轰鸣与嘶吼之中
不断轮换和并肩着了
就像每时每刻都害怕
被它或被你我彼此丢下的
疯了的孩子那样

在绝望哭喊着追跑
快速轮换着追跑

但其实
生活都已经
让我们轮番品尝
并彻底难忘了
它这无由的狂暴
和悲惨荒谬的
岁月的奔跑了
对么
它已经让我们
亲历并堕入在了
它那重创我们的蛮横
但是它绝不许我们说出
它是在无主驾驶
这最最恐怖的真相
当我们正深深处于
这激烈动乱着的
断无逃路的内部
当世态还在
以它那庞然的
就是要去摧毁
去狂烈折磨着我们
求存的意志

继续甚至更激烈地
失控着变动
当所有凶猛的机器
还在根本不需要
任何驾驶者
而是自己制动
自己操控地
疯狂旋动着

都几经风雨了
你这时语中含笑
并轻柔地
拍了拍我那已经
扑跪到地上的
我那失声的号啕

好了好了
你这么哭
其实真的
真的是
不太值得啊
你拍打着我的后背
我那哽咽中抽搐的
耸动着的肩膀
你应该看到

我们俩
哪怕是这世上
就只有我们俩了
但也都还是有来日
还是有好未来的
对么
对么
对不对啊——?

当看到我全身一抖
仿佛我忽然联想起了什么
比如从前的长江上褐帆在歌唱
它们在歌唱着我的奶奶
和缤纷的礼花
比如大街和公共汽车上
人民在讨论和遥望着梦想
再比如美术馆站
是你该下车寻找雨中槐花的地方
你也从未被任何火车
撞倒和强暴然后被丢下
而你这热忱恳切的劝慰
就仅仅这些话
就给了我站起点来的
微微的力量

当看到我因此渐渐
竟停止抽噎了
并抬起那一脸泪里
尚难拭去的
水淋淋的迷惘
但是竟终于渐渐是
很勉强在笑着了
当我在笑着了

这就对了么
你轻抚着我那道
已经被之前的什么
或是被自己
撞断了的脊梁
你就说
都已经几经嬗变
几经无常了对么
那你干吗还这样
像没有经受过似的
你别这样好么
他诚恳望着我道

好的
好的
我已经有

新一轮泪水
盈满眼眶
但我还坚持着
没有让它
溢出来
流下

然后是沉默
然后是无以归纳
和无以回味的
茫茫默想

这样很久
这样很久以后

相望时
我们的眼里
将什么也没有了
已经不需要再有了
已经不再需要
去表白什么
也不再有什么可以
默然相告了

然后再很久

也许再很久以后

相望时
我们可能会
含着几乎都是
看不见的笑
都寡言着
并含了一些许
不甚明显的
倦怠的暮色

我们就都抽着烟说
去看看儿时年代
那些个风筝罢
看它们依旧还在那儿飘着
还是并没有在飘

然后是那些哨音空湿湿的鸽子
去看看它们是不是还在
一遍遍盘旋于那片
我们都熟悉的天空
歌唱着那一片又一片
低矮的楼和平房

然后是时间的密码

很明显已经陆续写满了
来往于所有街道上
那些行色匆匆的人的脸上
而无论他们是去上班也好
下了班也好

然后是新街挨着旧街
就如它们从来就是一对儿
老哥们似的
相互这么紧挨着

然后我们就
拎着啤酒
一起爬上那些
年少时常爬上去玩儿的
平房屋顶上

然后一起
就唱起我们当年那些
好听的或是不好听的歌谣——

在那遥远的地方……

或是

远飞的大雁
请你快快飞……

之类的

歌词都记不住了——

然后我再也禁不住号啕
我终于又是号啕

那中间　我抱住你说
你飞得真好啊
它们双腿的也好
单腿的也好

因为我刚刚听说
那个站在房顶放鸽子的
他上个月死了

因为我
太爱这座城了
爱她的所有
因为你一旦把她爱了
她就是我们的妈妈!

然后我们唱好听的
或是不好听的歌

在那遥远的地方……

或

大雁已经远飞着了……

我此时就只有你
这一个妈妈了！

（1983年12月19日）

稻草人＿代后记

——作者女儿献给本书的小诗

忘了么
田野边我还在日夜守护
高兴罢
看到遍野歌唱的稻谷

向往着
入秋会有丰富的收成
等待着
季节已变化了的温度

我多想　和你们一样
天涯各处流浪

我多想　和你们一样
感叹命运无常

我多想　和你们一样

相爱一直到老

我多想　和你们一样

死去然后埋葬

附录一：给我最亲爱的爸爸，并纪念这首小诗的诞生

2011 年 4 月 6 日，是一个非常平静的日子。就因为它很平常，所以我开始胡思乱想。我就想：田野边被风吹日晒之后模样已经乱七八糟的那些稻草人，也一定是有自己的生命、自己的想法的罢！然后睡觉前，有些句子，就忽然出现在脑海里了！我就闭着眼睛，念了好几遍，希望明天还能记起它们来。第二天上午，这些句子，竟又一字不漏地都回来了……！我就写下了它们，我很喜欢，这是我最爱的一个了！爸爸！

您的女儿　2011 年 4 月 8 日

附录二：当时情景

当我阅读并轻念着她这篇小诗的时候，我震惊了！那是个全家正吃饭的时候，女儿就局促地站在她妈妈右侧，在我身后。我禁不住拍案叫好，而她已不知所措，而且在流泪。她不知道这首小诗中蕴含的那种明朗与丰富、她这样的心境和表达、她那勇敢的信念和透彻的赤诚，是多么令我惊喜和感动！

作为爸爸　2011 年 9 月 13 日